Chinesisches Schriftzeichen für Geist (Guǐ)

Thomas M. Meine

Chinesische Geister

Nach dem Original 'Some Chinese Ghosts'
von Lafcadio Hearn

Erschienen 1887 bei Roberts Brothers, Boston, MA, USA

Bibliografische Information der Deutschen Nationalbibliothek
Die Deutsche Nationalbibliothek verzeichnet diese Publikation in der
Deutschen Nationalbibliografie; detaillierte bibliografische Daten sind im
Internet über http://dnb.dnb.de abrufbar.

Herstellung und Verlag:
Books on Demand GmbH, Norderstedt
Alle Rechte vorbehalten
August 2019
ISBN 9 783749 468454

INHALT

VORWORT ZUR ÜBERSETZUNG

Lafcadio Hearn und Ehefrau Koizumi Setsu

Patricio Lafcadio Tessima Carlos Hearn, dessen späterer, japanischer Name 小泉 八雲 (Koizumi Yakumo) lautete, wurde im Jahre 1850 auf Lefkas in Griechenland geboren. Gestorben ist er 1904 in Tokio, Japan.

Er ist ein Schriftsteller irisch-griechischer Abstammung. Sein Anglo-Irischer Vater war Chirurg in der britischen Armee, seine Mutter Griechin.

Als er zwei Jahre alt war, brachte sein Vater ihn und die Mutter nach Dublin zu einer Großtante. Seine Mutter war dort so unglücklich, dass sie die Familie verließ und verschwand. Sein Vater starb 1866 auf dem Weg nach Indien an Malaria.

1869, im Alter von 19 Jahren ging er nach Amerika. Dort arbeitete er zunächst in einer Druckerei und ließ sich schließlich als Zeitungsreporter in New Orleans nieder; in dieser Zeit begann er auch aus dem Französischen und Spanischen zu übersetzen. Zuletzt arbeitete er als Journalist in New York.

Seine Abneigung gegen den westlichen Materialismus und die Hektik in New York brachte ihn über die West Indies nach Japan, wo er für eine englische Zeitung arbeitete und später als Lehrer tätig war. Er heiratete dort Koiumi Setsu, die Tochter eines echten, aber verarmte Samurai, mit der er eine Tochter und drei Söhne hatte, und wurde japanischer Bürger und Buddhist; den eigenen Namen änderte er in Koizumi Yakumo und nahm dabei den Familiennamen seiner Frau an.

Seine stetige Suche nach Schönheit, Ruhe, wohltuenden Gewohnheiten und dauerhaften Werten, machten ihn zu einem Freund Japans, und seine Werke haben das westliche Bild von Japan, im beginnenden 20. Jahrhundert, entscheidend mitgeprägt. Im Tokioter Stadtteil Ōkubo ist an seinem ehemaligen Wohnhaus eine Gedenktafel angebracht. Eine späte Ehrung erfuhr er auch auf seiner griechischen Geburtsinsel Lefkas, wo 2014 das Museum 'Historisches Zentrum Lafcadio Hearn' eröffnet wurde.

Das hier nun in der Übersetzung und Überarbeitung vorliegende Werk, noch nicht mit japanischem, sondern chinesischen Bezug, stellte er im Jahre 1886 fertig, während seiner Zeit in New Orleans, ein Jahr vor seiner Abreise zu den West Indies und vier Jahre, bevor er 1890 in Japan landete, wo er den Rest seines Lebens verbrachte. Bei seiner Auswahl von chinesischen Geistergeschichten hat er sich, wie er selbst im eigenen Vorwort sagt, auf die Suche nach unheimlichen, ausgefallenen Geschichten begeben, die, in ihrer übernatürlichen Art, mehr als nur reine Furcht oder Horror erzeugen sollen.

Literarisch Interessierte weisen immer wieder darauf hin, dass er mit 'Some Chinese Ghosts' nicht die Qualität erreicht hat, wie insbesondere mit seinem Werk 'Kwaidan' – Geistergeschichten und seltsame Erzählungen aus dem alten Japan (1903). Zu dieser Zeit hatte er aber bereits länger in Japan gelebt und gearbeitet, sodass er hier natürlich einen wesentlich engeren Zugang hatte.

Bei 'Some Chinese Ghosts' hingegen, hatte er sich, fern von Land und Leuten in China, auch auf Quellen gestützt, die bereits Übersetzungen und individuelle Erweiterungen chinesischer Geschichten in andere Sprachen waren; in einem Fall bezieht er sich auf einen Bericht des Baltendeutschen Emil Brettschneider, Gesandschaftsarzt an der russischen Botschaft in Peking, wobei dessen eigene Vorlage möglicherweise gar nicht chinesischen Ursprungs ist.

Manche würden hier, im westlichen Sinne, auch keine Geistergeschichten sehen. Sie beschreiben eher chinesische Empfindungen und Religion, mit unterschiedlicher Moral und unterschiedlichen Konsequenzen.

Kritik kommt gelegentlich zum Schreibstil im Original, den mancher, in heutiger Zeit, nur noch als bedingt lesbar empfindet. Den viktorianisch verklärten Stil wesentlich zu verändern, würde aber weder dem Autor gerecht, noch dem Flair des Buches aus dem Jahre 1886/1887. Zu bedenken ist auch, dass der gewöhnliche Leser heute anders an solche Geschichten herangeht als im Viktorianischen Zeitalter, wo man abends noch bei Kerzenschein gelesen hatte.

Im Originalbuch findet man am Ende einige Anmerkungen des Autors bezüglich seiner Quellen, persönliche Feststellungen und Interpretationen von Zusammenhängen, kulturelle und geschichtliche Hinweise und andere Informationen. Einerseits sind sie ohne rechten Wert für die reine Unterhaltung durch das Buch, andererseits aber auch zu generell für den historisch im Detail Interessierten. Diese Passage wurde deshalb weggelassen.

Lafcadio Hearn hat in seinem Buch auch ein Glossar angefügt, das bestimmte Begriffe und geschichtliche Bezüge erläutert, was für das Verständnis auch unbedingt notwendig ist. Diese Anmerkungen wurden hier, um umständliches Blättern zu vermeiden, gleich in den Text eingearbeitet […], zusammen mit einigen weiteren, relevanten Erklärungen, soweit es möglich war. Dies geschah – ganz bewusst – in kurzer und sehr genereller Weise, um primär das Lesen zu erleichtern und nicht, um einen wissenschaftlichen Beitrag zur Sinologie oder zum Buddhismus zu leisten. Die 'Fachleute' mögen das verzeihen.

Diejenigen, die das dennoch interessiert, können stets auf das Original zurückgreifen, das in zahlreichen Ausführungen (Nachdrucken) leicht zu erhalten ist.

Vorwort des Originalautors

Ich denke, meine beste Entschuldigung für das geringe Volumen dieses Buches, ist der einzigartige Charakter des Geschichtenmaterials, aus dem es besteht. Bei der Zusammenstellung habe ich ganz bewusst und speziell nach Legenden von unheimlicher und ausgefallener Schönheit gesucht.

Ich konnte auch diese eindrucksvolle Erfahrung nicht vergessen, die ich bei Sir Walter Scott gemacht hatte, in seinem 'Essay on Imitations of the Ancient Ballad' (Abhandlung über Nachahmungen der antiken Balladen): *Das Übernatürliche, obwohl reizvoll für bestimmte, starke Emotionen, die breit und tief über die menschliche Rasse gestreut sind, ist wie eine Feder, die anfällig ist, ihre Elastizität zu verlieren, wenn man zu sehr auf ihr herumdrückt.*

Denjenigen, die sich wissbegierig mit der chinesischen Literatur als Ganzes vertraut machen wollen, wurde der Weg sanft geebnet, durch Arbeiten von Sprachwissenschaftlern wie Julien, Pavie, Rémusat, De Rosny, Schlegel, Legge, Hervey-Saint-Denys, Williams, Biot, Giles, Wylie, Beal, und vielen anderen Sinologen.

Diesen großen Forschern gehört in der Tat das Fachgebiet der Cathayischen Geschichte, aufgrund ihrer Entdeckungen und Eroberungen [Cathay oder ähnlich, ist der alte, von Marco Polo verwendete Name für China].

Jedoch, der bescheidene Reisende, der ihnen erstaunt nachfolgt, in den weiten und mysteriösen Parkanlagen der chinesischen Fantasie, sollte durchaus das Recht haben, einige der wunderbaren Blumen zu pflücken, die dort wachsen – eine selbstleuchtende *hwa-wang*, eine schwarze Lilie, eine Phosphor-Rose – oder zwei – als Souvenir seiner neugierigen Reise.

New Orleans, den 15. März 1886.   L.H.

AN MEINEN FREUND HENRY EDWARD KREHBIEL:

DER MUSIKER

Der, der in der Sprache der Melodie zu den Kindern von Tien-Hia spricht [Tien-Hia = 'unter dem Himmel', einer der ältesten Namen der Chinesen für China]

und zu den umherwandernden Tsing-jin [Männer der Tsing-Dynastie], *die eine goldene Hautfarbe haben,*

er brachte sie dazu, seltsame Töne auf der San-Hien [schlangenhautbezogene, dreisaitige Gitarre] *hervorzubringen,*

überredete sie, um mir etwas auf der kreischenden Ya-Hien [eine Violine] *vorzuspielen,*

bestand darauf, dass sie mir ein Lied aus ihrer Heimat vorsingen, das Lied von Mohli-Hwa, das Lied von der Jasminblume

Kapitel 1

Die Seele der großen Glocke

Sie hatte gesprochen, und ihre Worte klangen noch in seinen Ohren. Hao-Khieou-Tchouan: c. ix.

Die Wasseruhr zeigt die volle Stunde an, im *Ta-chung sz* – im Tempel der großen Glocke. Der Hammer wird hochgehoben, um auf den Glockenschlagring des großen, metallenen Monsters zu schlagen. Der riesige Rand ist mit buddhistischen Texten aus dem geweihten *Fa-hwa-King* [Lotus Sutra, Lotusblume von Gottes Gesetz] versehen, aus den Kapiteln des heiligen *Ling-yen-King*. Hört, wie die große Glocke antwortet! Wie mächtig ihre Stimme ist, obwohl sie keine Zunge hat! Sie sagt: *KO-NGAI!*

All die kleinen Drachen, auf den stark geneigten Traufen der grünen Dächer zittern unter der tiefgehenden Klangwelle, bis zur Spitze ihrer vergoldeten Schwänze. Alle Porzellan-Wasserspeier wackeln auf ihren geschnitzten Sitzstangen. All die hundert kleinen Glocken in den Pagoden vibrieren in ihrem Verlangen zu sprechen. *KO-NGAI!* All die grünen und goldenen Ziegel des Tempels wackeln. Die hölzernen Goldfische über ihnen winden sich zum Himmel. Der hochgestellte Finger von Fo [einer der vielen Namen Buddha in den verschiedenen chinesischen Dialekten] wackelt hoch über den Köpfen der Gläubigen durch den blauen Dunst des Weihrauchs. *KO-NGAI!*

Was für ein donnernder Klang war das! All die lackierten Kobolde auf der Mauerbrüstung des Palastes lassen ihre feuervergoldeten Zungen zappeln. Wie wundersam sind das mehrfache Echo und das große, goldene Stöhnen nach jedem Schlag, und schließlich das zischende Schluchzen in den Ohren, wenn der gewaltige Klang abklingt, in ein gebrochenes, silbriges Flüstern – so, als würde eine Frau leise sagen: *Hiai!*

Die große Glocke hat jeden Tag geschlagen, für nahezu fünfhundert Jahre – *Ko-Ngai*. Zuerst mit gewaltigem Dröhnen, dann mit grenzenlosem, goldenem Stöhnen, dann mit einem silbernen Gemurmel eines *Hiai*. Es gibt es kein einziges Kind in der bunten, alten chinesischen Stadt, das die Geschichte der großen Glocke nicht kennen würde – das dir nicht erzählen könnte, warum die große Glocke *Ko-Ngai* und *Hiai* sagt.

Nun, hier ist die Geschichte der großen Glocke in dem Ta-chung-sz [Tempel der Glocke], wie er in den *Pe-Hiao-Tou-Choue* [hundert Beispiele unendlicher Frömmigkeit] genannt wird, aufgeschrieben von dem Gelehrten Yu-Pao-Tchen, aus der Stadt Kwang-tchau-fu.

Vor fast fünfhundert Jahren befahlt der Überirdische, der Erhabene, der Sohn des Himmels [der Kaiser], Yong-Lo, aus der ruhmreichen Dynastie, auch Ming Dynastie genannt, dem ehrenwerten Kouan-Yu, eine Glocke herzustellen, die von solch einer Größe sein sollte, dass man deren Klang noch auf einhundert *li* hören konnte [*li* = altes chinesischen Längenmaß, das über die Zeit stark variiert hat. Hier geschätzt: zehn *li* auf eine League (ca. 5,5 Kilometer), also 55 Kilometer].

Weiterhin bestimmte er, dass der Klang der Glock mit Messing verstärkt, mit Gold vertieft und mit Silber versüßt werden sollte.

Die Oberseite des großen Rands sollte mit gesegneten Sprüchen aus den heiligen Büchern graviert werden. Dann sollte sie im Zentrum der kaiserlichen Hauptstadt hängen, um so durch die bunten Straßen der Stadt Peking zu erklingen.

Aus diesem Grund hatte der ehrenwerte Mandarin Kouan-Yu die Meistergießer und die berühmten Glockenmacher des Reichs zusammengerufen, und all die Männer von großem Ansehen und Schlauheit im Gießereigewerbe. Sie berechneten die Materialien für die gesamte Legierung und behandelten sie sorgfältig. Sie bereiteten die Gussformen vor, die Feuerstätten, die Werkzeuge und den monströsen Schmelztiegel für die zu vermengenden Metalle. Sie arbeiteten über alle Maßen, wie Giganten – die nur Pausen, Schlaf und die Annehmlichkeiten des Lebens vernachlässigten. Sie schufteten Tag und Nacht in Gehorsam gegenüber Kouan-Yu und strebten danach, alles zur größten Zufriedenheit des Sohns des Himmels zu machen.

Als die Metallmischung gegossen war und die irdene Gussform von der glühenden Masse getrennt wurde, entdeckte man, dass trotz ihrer großen Anstrengungen und unablässigen Sorgfalt, das Ergebnis wertlos war. Die Metalle hatten gegeneinander rebelliert – das Gold sträubte sich gegen die Verbindung mit dem Messing, und das Silber wollte sich nicht mit dem geschmolzenen Eisen vermischen. Deshalb musste man die Gussformen noch einmal herrichten, die Feuer erneut anfachen, das Metall noch einmal schmelzen und die ganze Arbeit noch einmal langwierig und mühsam wiederholen.

Der Sohn des Himmels hörte davon, war verärgert, aber sagte nichts dazu.

Die Glocke wurde zum zweiten Mal gegossen, aber das Ergebnis war noch schlechter. Die Metalle weigerten sich hartnäckig, sich miteinander zu vermengen. Es gab keine Gleichmäßigkeit in der Glocke und die Seiten von ihr waren gebrochen und rissig. Der Rand war verschlackt und auseinandergebrochen. So mussten all die Arbeiten ein drittes Mal gemacht werden, zum großen Unmut von Kouan-Yu.

Als der Sohn des Himmels davon hörte, war er noch verärgerter als zuvor. Er schickte seinen Boten mit einem Brief zu Kouan-Yu, der auf zitronengelb gefärbter Seide geschrieben war, versehen mit dem Siegel des Drachen, und diese Worte enthielt:

Von dem Mächtigen Yong-Lo, der erhabene Taint-Sung, der Himmlische und Majestätische, dessen Regentschaft 'Ming' genannt wird – an Kouan-Yu, dem Fuh-Yin [hoher chinesischer Titel, Bürgermeister]: *Bereits zweimal hast du das Vertrauen missbraucht, dass wir gnädig in dich gesetzt haben. Wenn Sie du ein drittes Mal versagst, soll dir der Kopf vom Hals getrennt werden. Zittere und gehorche!*

Nun, Kouan-Yu hatte eine Tochter von bezaubernder Lieblichkeit, deren Name Ko-Ngai stets im Munde der Poeten war, und deren Herz noch schöner erschien, als ihr Gesicht. Ko-Ngai liebte ihren Vater mit solcher Hingabe, dass sie schon hundert angemessene Freier abgelehnt hatte, was ihr lieber war, als sein Zuhause durch ihre Abwesenheit zu zerstören.

Als sie das schreckliche gelbe Sendschreiben gesehen hatte, versehen mit dem Drachensiegel, wurde sie aus Angst vor dem Schicksal ihres Vaters ohnmächtig.

Als ihre Sinne und ihre Stärke zurückkamen, konnte sie weder rasten noch schlafen, in Gedanken an die Gefahr, in der sich ihr Vater befand, bis sie heimlich einige ihrer Juwelen verkauft hatte. Mit dem Geld hastete sie zu einem Sterndeuter und bezahlte ihm einen hohen Preis, damit er ihr einen Rat gibt, auf welche Weise man ihren Vater vor der Gefahr beschützen könnte, die über ihm schwebt.

Also machte der Astrologe Himmelsbeobachtungen, markierte die Erscheinung des Silberstroms (den wir Milchstraße nennen), untersuchte die Zeichen des Tierkreises – den *Hwang-tao*, oder die gelbe Straße – und konsultierte die fünf *Hin*, oder die Grundsätze des Universums, sowie die mystischen Bücher der Alchemisten.

Nach langem Schweigen gab er ihr die Antwort, indem er ihr sagte: Gold und Messing werden niemals eine Ehe eingehen, Silber und Eisen werden sich niemals umarmen, bis das Fleisch einer Magd im Tiegel verschmilzt, bis sich das Blut einer Jungfrau mit den Metallen bei ihrem Zusammenschluss vermischt.

So ging Ko-Ngai nach Hause, mit Sorgen in ihrem Herzen. Alles was sie gehört hatte, behielt sie als Geheimnis für sich und sagte auch niemandem, was sie getan hatte.

Schließlich kam der schreckliche Tag, an dem der dritte und letzte Versuch gemacht werden sollte, die große Glocke zu gießen.

Ko-Nga begleitete ihren Vater, zusammen mit ihrer Dienerin, zur Gießerei. Sie nahm einen Platz auf einer Tribüne ein, von der aus man die Schufterei der Gießer und die Lava der flüssigen Metalle überblicken konnte.

Alle Arbeiter verrichteten ihre Arbeit in Stille; man konnte keinen Laut hören, außer dem Murmeln des Feuers.

Dieses Murmeln verstärkte sich in ein Brüllen, wie das Brüllen eines herannahenden Wirbelsturms und der blutrote Strom des Metalls hellte sich auf, zu einem Zinnoberrot, wie bei einem Sonnenaufgang, und das Zinnoberrot verwandelte sich in das strahlende Glühen von Gold, und das Gold verwandelte sich in ein blendendes Weiß, wie das silbrige Gesicht des Vollmonds.

Die Arbeiter hörten auf, die tobenden Flammen zu füttern, und alle richteten ihre Augen auf Kouan-Yu, und Kouan-Yu war bereit das Signal zum Gießen zu geben.

Aber, noch bevor er seinen Finger hob, veranlasste ihn ein Schrei, seinen Kopf zu drehen, und alles, was er hörte, war die Stimme von Ko-Ngai, die klar und süß klang, wie in dem Lied eines Vogels, über das große Donnern der Feuer hinweg:

Für dich zuliebe, oh mein Vater!

Und als sie schrie, sprang sie in die weiße Flut des Metalls, und die Lava aus dem Schmelzofen brüllte bei ihrem Kommen und versprühte riesige Feuerfetzen bis zum Dach, barst über den Rand des irdenen Kraters, und warf einen wirbelnden Springbrunnen verschiedenfarbiger Feuer auf und klang dann bebend ab, mit Blitzen und mit Donner und mit einem Gemurmel.

Dann wollte der Vater von Ko-Ngai, in seinem wilden Schmerz, hinterherspringen, aber ein starker Mann hielt ihn zurück und bewahrte ihn in seinem festen Griff, bis er ohnmächtig wurde und sie ihn, wie einen Toten, nach Hause bringen konnten.

Und die Dienerin von Ko-Ngai, benommen und sprachlos vor Schmerz, stand vor dem Schmelzofen und hielt immer noch einen Schuh in ihrer Hand, einen winzigen, zierlichen Schuh, mit Perlen- und Blumenstickereien – es war der Schuh ihrer wunderschönen Herrin. Sie hatte versucht, Ko-Ngai am Fuß festzuhalten, als sie sprang, konnte aber nur den Schuh greifen, und der schöne Schuh löste sich, als sie ihn in ihrer Hand hatte, und sie schaute ihn immer noch so an, wie jemand, der verrückt geworden ist.

Trotz all dieser Vorkommnisse musste der Befehl des Himmlischen und Erhabenen befolgt und die Arbeit der Gießer beendet werden, ohne große Hoffnung, was das Resultat sein würde. Dennoch erschien der Glanz des Metalls reiner und weißer als zuvor, und es gab keine Anzeichen von dem wunderschönen Körper, der darin begraben war.

So wurde dieses gewichtige Gussteil fertiggestellt und – siehe da! Als das Metall abgekühlt war, stellte man fest, dass die Glocke wundervoll aussah, perfekt in ihrer Form, und schöner in der Farbe, als alle anderen Glocken.

Man konnte keine Spur des Körpers von Ko-Ngai entdecken, denn er wurde von der Legierung vollkommen aufgenommen und mit dem gut miteinander verbundenen Messing und Gold vermengt, mit der Beimischung des Silbers und des Eisens.

Und dann, als sie die Glocke klingen ließen, fand man, dass ihre Töne tiefer und weicher waren, als die von irgendeiner anderen Glocke – und das man sie noch über die Entfernung von einhundert *li* hinaus hören konnte, wie der Klang eines Sommergewitters, und darüber hinweg stotterte eine gewaltige Stimme einen Namen, den Namen einer Frau – den Namen von Ko-Ngai.

鬼

Und immer, zwischen jedem mächtigen Schlag, konnte man ein lang gezogenes, leises Stöhnen hören, und dieses Stöhnen endete mit einem Klang von Schluchzen und Beklagen, so als würde eine weinende Frau säuseln – *Hiai!*

Und immer, wenn die Leute dieses große, goldene Stöhnen hören, bleiben sie still, aber wenn das klare, süße Schaudern durch die Luft kommt und das Schluchzen des *Hiai!*, dann flüstern all die chinesischen Mütter in den bunten Straßen von Peking ihren Kleinen zu:

Hör hin! Das ist Ko-Ngai, die nach ihrem Schuh weint! Das ist Ko-Ngai, die nach ihrem Schuh weint!

Kapitel 2

Die Geschichte von Ming-Y

Alte, weise Worte von Kouei – Musikmeister am Hof von Kaiser Yao [2357 – 2277 v. Chr.]:

Wenn du die Klangsteine zum melodischen Widerhall bringst, die Ming-Khieou [chinesisches Steinspiel, ähnlich dem Xylofon] – *wenn du die Lyra berührst, die man Kin nennt, oder die Gitarre, die Ssé heißt – und ihren Klang mit einem Lied begleitest – dann kommen der Großvater und der Vater zurück; dann kommen die Geister der Ahnen, um zuzuhören.*

Es sang der Poet Tching-Kou: *Ewig werden die Pfirsichbäume über dem Grab von Sië-Thao blühen.*

Fragst du mich, wer sie war – die wunderschöne Sië-Thao? Seit tausend Jahren und länger flüstern die Bäume über ihrem steinernen Bett. All die Silben ihres Namens kann man hören, mit dem Lispeln ihrer Blätter, mit dem Zittern ihrer vielgliedrigen Äste, mit dem Flattern von Licht und Schatten, mit dem Atem, süß wie das Erscheinen einer Frau oder von zahllosen wilden Blumen – *Sië-Thao*.

21

Aber, außer dem Flüstern ihres Namens, kann man nicht verstehen, was die Bäume sagen, und sie alleine erinnern sich an die Jahre von Sië-Thao. Trotzdem kannst du etwas über sie erfahren, von manchen dieser *Kiang-kou-jin* – den berühmten chinesischen Erzählern, die am Abend für einige *tsien* [kleine Kupfermünze] eine zuhörende Menge mit ihren Geschichten unterhalten. Manches über sie wirst du auch in einem Buch finden, mit dem Titel 'Kin-Kou-Ki-Koan' was in unserer Sprache heißt: 'Die wunderbaren Ereignisse aus alter und neuerer Zeit'. Und vielleicht ist von allen Dingen, die darin enthalten sind, die Erinnerung an Sië-Thao das Wundervollste.

Vor fünfhundert Jahren, während der Regentschaft des Kaisers Houng-Wou, aus der Ming Dynastie, lebte in der Stadt der Geister – in Kwang-chau-fu – ein Mann, der berühmt war, für sein Wissen und seine Frömmigkeit, mit Namen Tien-Pelou. Dieser Tien-Pelou hatte einen Sohn, einen schönen Jungen, der wegen seiner Gelehrsamkeit, seiner körperlichen Vorzüge und vornehmen Errungenschaften, niemanden unter den Jugendlichen seines Alters hatte, der ihm darin überlegen war. Und sein Name war Ming-Y.

Nun, als der Bursche in seinem achtzehnten Sommer war, passierte es, dass Pelou, sein Vater, zum Inspektor für öffentliche Bildung in der Stadt Tching-tou ernannt wurde, wohin ihn Ming-Y begleitete.

In der Nähe dieser Stadt Tching-Tou lebte ein reicher Mann von erhabenem Stand, ein hoher Bevollmächtigter der Regierung, dessen Name Tchang war, und der einen würdigen Lehrer für seine Kinder finden wollte. Als er von der Ankunft des neuen Inspektors für öffentliche Bildung hörte, besuchte ihn der edle Tchang, um seinen Rat in dieser Angelegenheit einzuholen.

Als er zufällig mit Pelous wohlerzogenen Sohn Ming-Y zusammentraf und sich mit ihm unterhielt, verpflichtete er ihn sofort als Hauslehrer für seine Familie.

Da sich nun das Anwesen von Lord Tchang einige Meilen von der Stadt entfernt befand, betrachtete man es als das Beste, dass Ming-Y im Haus seines Arbeitgebers wohnen sollte. Daraufhin bereitete der junge Mann alles Notwendige für seinen neuen Aufenthalt vor. Seine Eltern, die ihn verabschiedeten, gaben ihm einen klugen Rat und zitierten für ihn die Worte von Lao-tseu aus den alten Weisen:

Durch ein schönes Gesicht wird die Welt mit Liebe gefüllt, aber der Himmel wird sich dadurch niemals täuschen lassen. Solltest du eine Frau sehen, die von Osten kommt, schaue nach Westen. Solltest du eine Jungfer sehen, die sich von Westen nähert, drehe deine Augen nach Osten.

Dass Ming-Y diesen Rat, schon nach nicht allzu vielen Tagen, nicht beachtete, war es nur wegen seiner Jugend und der Gedankenlosigkeit eines natürlichen, freudigen Herzens.

So ging er also fort, um in dem Haus von Lord Tchang zu wohnen, während der Herbst verging, und auch der Winter.

Als die Zeit des zweiten Mondes im Frühjahr näherkam, und der fröhliche Tag, den die Chinesen *Hoa-tchao* nennen, oder der 'Geburtstag von hundert Blumen', überkam Ming-Y das Verlangen, seine Eltern zu besuchen.

Er öffnete sein Herz gegenüber Lord Tchang, der ihm nicht nur die erhoffte Erlaubnis gab, sondern ihm noch ein silbernes Geldstück mit einem Gewicht von zwei Unzen in die Hand drückte.

Er dachte, dass der Bursche sich wünschen würde, seinen Eltern ein kleines Erinnerungsgeschenk mitzubringen. Es ist nämlich Brauch in China, seinen Freunden und Verwandten am 'Hoa-tchao Fest' Geschenke zu machen.

An diesem Tag war die Luft schwer mit dem Duft der Blüten erfüllt und mit dem vibrierenden Summen der Bienen. Es schien Ming-Y so, dass der Weg, den er verfolgte, für viele Jahren von niemandem anders beschritten wurde.

Das Gras stand hoch, gewaltige Bäume auf beiden Seiten verschränkten ihre mächtigen, moosbewachsenen Arme über ihm und warfen Schatten auf den Weg. Die blättrigen Sonderbarkeiten bebten von Vogelliedern, und die tiefen Lichtungen im Gehölz wurden durch goldene Dämpfe verherrlicht und rochen nach dem Atem von Blumen, wie ein Tempel, der von Weihrauch erfüllt ist.

Die träumerische Freude des Tages drang in das Herz von Ming-Y, und er setzte sich nieder, zwischen die frischen Blüten unter den Ästen, die sich vor dem violetten Himmel bewegten, um von dem Duft und dem Licht zu trinken und um die große Ruhe zu genießen.

Als er sich gerade so ausruhte, brachte ihn ein Geräusch dazu, seine Augen auf einen schattigen Platz zu richten, wo wilder Pfirsich in Blüte stand. Er nahm eine junge Frau wahr, so schön, wie die rosafarbenen Blüten selbst, zwischen denen sie versuchte, sich zu verstecken.

24

Obwohl er nur einen Augenblick hinsah, konnte er nicht vermeiden, die Lieblichkeit ihres Gesichts zu erkennen, die goldene Reinheit ihrer Hautfarbe und den Glanz ihrer langen Augen, die unter den Brauen funkelten, göttlich gewunden, wie die ausgebreiteten Flügel eines Seidenspinner-Falters.

Ming-Y drehte sich weg, stand schnell auf und machte sich wieder auf den Weg.

Er fühlte sich aber so verlegen, bei der Vorstellung, dass diese zauberhaften Augen ihn durch die Blätter hindurch angeschaut hatten, dass ihm das Geld, dass er in seinen Ärmeln trug, herausfiel, ohne dass er es bemerkte.

Ein paar Augenblicke später hörte er das Trippeln von leichten Füßen, die hinter ihm herrannten und eine weibliche Stimme, die seinen Namen rief. Sehr überrascht drehte er seinen Kopf herum und sah die Gestalt einer anmutigen Dienerin, die zu ihm sagte: 'Mein Herr, meine Gebieterin bat mich, das Silber aufzuheben und ihnen zurückzugeben, welches sie auf dem Weg verloren haben.'

Ming-Y dankte dem Mädchen in würdevoller Weise und forderte sie auf, seine Komplimente an ihre Herrin zu übermitteln. Dann setzte er seinen Weg durch die duftende Stille fort, quer durch die träumenden Schatten, entlang des vergessenen Pfads. Auch er träumte und fühlte sein Herz mit seltsamer Eile schlagen, in Gedanken an das wunderbare Geschöpf, das er gesehen hatte.

Es war wieder genauso ein schöner Tag, als Ming-Y auf dem selben Weg zurückkam und nochmals eine Pause einlegte, dort, wo die anmutige Gestalt so plötzlich vor ihm erschienen war.

Diesmal aber war er überrascht, einen Landsitz zu erblicken, durch eine Lücke von mächtigen Bäumen hindurch, der beim letzten Mal seiner Wahrnehmung entgangen war – nicht groß, dennoch ziemlich elegant.

Die hellen, blauen Dachziegel auf seinem gezackten Doppeldach, dass sich über das Blattwerk erhob, schienen sich in ihrer Farbe mit dem hellen Blau des Tages zu vermischen. Die grün-goldenen Muster der geschnitzten Säulengänge waren auserlesene, kunstvoll gestaltete Nachahmungen von Blättern und Blüten, die sich im Schein der Sonne badeten.

Davor, auf der obersten Stufe der Terrassentreppe, bewacht von großen Porzellanschildkröten, sah Ming-Y die Herrin des Hauses stehen – das Abbild seiner leidenschaftlichen Fantasie – in Begleitung der gleichen Dienerin, die ihr seine Dankesnachricht gebracht hatte.

Als Ming-Y hinsah, bemerkte er, dass ihrer beiden Augen auf ihn gerichtet waren; sie lächelten und unterhielten sich, als würden sie von ihm sprechen.

Trotz seiner Schüchternheit fand er den Mut, die Schönheit aus der Ferne zu grüßen. Zu seinem Erstaunen bat ihn die junge Dienerin darum, näherzukommen.

Er öffnete eine schlichte Tür, halb verdeckt von Kletterpflanzen mit purpurroten Blumen. Ming-Y ging vorwärts, entlang der grünen Gasse, die zur Terrasse führte, mit gemischten Gefühlen von Überraschung und zaghafter Freude.

Als er näherkam, verschwand die wunderschöne Lady aus seinen Augen, aber die Dienerin wartete auf den breiten Stufen, um ihn zu empfangen, und sagte zu ihm, als er hochkam:

'Mein Herr, meine Gebieterin versteht ihren Wunsch, ihr für den unbedeutenden Dienst zu danken, den sie mir kürzlich auftrug, und fordert Sie auf, ins Haus zu kommen, denn sie kennt schon ihren guten Ruf und möchte die Freude haben, ihnen einen guten Tag zu wünschen.'

Etwas verlegen trat Ming-Y hinein. Seine Füße machten keinen Laut auf der federnden Matte, so weich wie das Waldmoos, und er fand sich in einem weiträumigen Empfangszimmer wieder, kühl und erfüllt mit einem Duft von frisch gesammelten Blüten.

Eine herrliche Stille durchzog das herrschaftliche Anwesen; Schatten von vorbeifliegenden Vögeln fielen über die Lichtstreifen, die durch die halb offenen Jalousien hereinschienen; große Schmetterlinge mit knallbunten Flügeln fanden ihren Weg ins Haus, um für einen Moment über den bemalten Vasen zu schweben und um dann wieder in den mysteriösen Wäldern zu verschwinden.

Geräuschlos wie diese kam die junge Herrin des Anwesens durch eine andere Tür herein. Sie nickte dem jungen Mann freundlich zu, der seine Hände an die Brust hob und sich zur Begrüßung tief verneigte. Sie war größer, als er dachte und geschmeidig-schlank wie eine schöne Lilie. Ihr schwarzes Haar war mit den cremefarbenen Blüten der *chu-sha-kih* [Mandarin-Orange] verwoben. Ihr Kleid war aus matter Seide, die mit jedem ihrer Schritte ihre Farbtöne verwandelte, so wie Dunstschwaden, die mit Veränderungen des Lichts, ihre Tönung variieren.

'Wenn ich mich nicht irre', sagte sie, als sie sich beide setzten und nachdem sie die üblichen Höflichkeitsfloskeln ausgetauscht hatten, 'ist mein verehrter Besucher kein anderer als Tien-chou, mit Nachnamen Ming-Y, Lehrer bei meinem geschätzten Verwandten, dem Hohen Kommissar Tchang. Da die Familie von Lord Tchang auch die meine ist, kann ich nicht anders, als den Lehrer seiner Kinder auch als einen meiner eigenen Sippe zu betrachten.

'Lady', antwortete Ming-Y, ein wenig erstaunt. 'Darf ich es wagen, nach dem Namen ihrer ehrenwerten Familie zu fragen und nach dem Verwandtschaftsverhältnis, das sie mit meinem noblen Herrn haben?'

'Der Name meiner armen Familie', antwortete die anmutige Lady, 'ist *Ping* – ein altes Geschlecht aus der Stadt Tching-tou.'

'Ich bin die Tochter einer gewissen Sië aus Moun-hao; auch mein Name ist Sië, und ich war mit einem jungen Mann aus der Ping-Familie verheiratet, dessen Name Khang war.'

'Durch diese Heirat wurde ich mit ihrem ausgezeichneten Herrn verwandt, aber mein Ehemann starb kurz nach unserer Hochzeit, und ich habe diesen einsamen Platz gewählt, um darin während der Zeit meiner Witwenschaft zu wohnen.'

Es war eine einschläfernde Musik in ihrer Stimme, wie die Melodie eines Bachs, das Gemurmel einer Quelle und von solcherlei seltsamer Anmut in der Art ihres Sprechens, wie es Ming-Y niemals zuvor gehört hatte.

Als er erfuhr, dass sie eine Witwe war, konnte der junge Mann nicht erwarten, lange in ihrer Gesellschaft zu verweilen, ohne eine formelle Einladung zu bekommen.

Nachdem er seine Tasse Tee geschlürft hatte, stand er auf, um zu gehen, aber Sië ließ es nicht zu, dass er so schnell verschwand.

'Nein, mein Freund', sagte sie, 'verweilen Sie einige Zeit in meinem Haus. Ich flehe Sie an! Sollte ihr angesehener Herr jemals erfahren, dass Sie hier waren und ich Sie nicht wie einen ehrenhaften Gast behandelt oder verwöhnt hatte, wie ich es auch bei ihm gemacht hätte, weiß ich, dass er sehr wütend werden würde. Bleiben Sie wenigstens zum Mittagessen.'

Also blieb Ming-Y und frohlockte heimlich in seinem Herzen, denn Sië erschien ihm als das schönste und süßeste Wesen, das er jemals kennengelernt hatte, und er fühlte, dass er sie mehr liebte als seinen Vater und seine Mutter.

Und während sie sich noch unterhielten, mischten sich die langen Schatten des Abends in die violette Dunkelheit, das große zitronenfarbige Licht der Sonne schwächte sich ab, und diese sternenhaften Gebilde, die man die 'Drei Ratgeber' nennt, die über Leben und Tod und das Schicksal der Menschen bestimmen, öffneten ihre kalten, hellen Augen am nördlichen Himmel [sechs Sterne, als drei Paare, im Großen Bär – höchster Ratgeber, mittlerer Ratgeber und niederer Ratgeber].

Im Haus von Sië wurden die bemalten Laternen erleuchtet und bereits der Tisch für das abendliche Mal vorbereitet.

Ming-Y nahm dort seinen Platz ein, hatte aber wenig Lust zu essen und dachte nur an das zauberhafte Gesicht ihm gegenüber.

Als sie sah, dass er nur sehr zögerlich von den Leckereien kostete, die vor ihm auf dem Teller lagen, drängte Sië ihren jungen Gast, den Wein mit ihr zu teilen, und sie tranken zusammen mehrere Becher davon.

Es war purpurroter Wein, so kühl, dass der Becher, in den er hineingeschüttet wurde, mit Tauwasser beschlug; dennoch schien er die Adern mit einem seltsamen Feuer zu wärmen. Als er davon trank, wurden alle Dinge um ihn herum wie durch Zauberei heller, und es schien so, als würden die Wände im Zimmer zurückweichen und die Decke sich heben. Die Lampen leuchteten wie Sterne an ihren Ketten, und die Stimme von Sië schwebte in das Ohr des jungen Mannes, wie eine entfernte Melodie, die man, durch das All kommend, in einer schläfrigen Nacht hört.

Sein Herz quoll auf, seine Zunge löste sich, seine Worte huschten von seinen Lippen, wie er es sich bisher nie gewagt hatte, sie auszusprechen. Dennoch hielt ihn Sië nicht zurück. Ihre Lippen verzogen sich nicht zu einem Lächeln, aber ihre langen, strahlenden Augen schienen mit Freude zu lachen, bei seinen Lobpreisungen, und gaben seine bewundernden Blicke mit herzlichem Interesse zurück.

'Ich habe gehört', sagte sie, dass Sie ein einzigartiges Talent sind und auch von ihren hervorragenden Fähigkeiten. Ich kann ein wenig singen, obwohl ich keine musikalischen Kenntnisse vorweisen kann, und nun habe ich die Ehre, mich in der Gesellschaft eines Musikprofessors zu befinden. Ich will es wagen, Bescheidenheit zur Seite zu legen, um Sie zu bitten, ein paar Lieder mit mir zu singen. Ich würde es als keine geringe Freude betrachten, wenn Sie zustimmen, auch einige musikalische Kompositionen aus meiner Sammlung zu begutachten.'

'Die Ehre und die Freude, meine liebe Lady', antwortete Ming-Y, 'wäre ganz auf meiner Seite, und ich fühle mich hilflos, in dem Versuch, meine Dankbarkeit auszudrücken, den das Angebot einer solch seltenen Gunst verdient.'

Die Dienstmagd, die gehorsam der Aufforderung durch den kleinen, silbernen Gong folgte, brachte die Musikstücke herein und zog sich zurück. Ming-Y nahm die Manuskripte und begann damit, sie mit begierigem Entzücken zu studieren.

Das Papier, auf dem sie geschrieben waren, hatten eine hellgelbe Farbe und waren leicht wie das Gewebe von feinster Gaze. Die Schriftzeichen waren altehrwürdig und schön, als wären sie mit dem kleinen Pinsel von Heï-song Ché-Tchoo [ein winziger, taoistischer Priester, nicht größer als eine Fliege] persönlich gemalt worden – dem göttlichen Genie der Tinte. Die Unterschriften auf den Kompositionen waren die von Youen-chin, Kao-pien und Thou-mou – beeindruckende Poeten und Musiker aus der Thang Dynastie [620 – 907 n. Chr.]

Ming-Y konnte einen Schrei der Verzückung nicht unterdrücken, beim Anblick dieser Schätze, so unschätzbar wertvoll und einzigartig; gleichzeitig konnte er sich nicht entschließen, dass sie seine Hände auch nur für einen Moment verlassen.

'Oh, Lady!', rief er aus. Das sind wahrhaft unbezahlbare Dinge, die den Wert der Schätze aller Könige übertreffen. Das sind wirklich die Handschriften von diesen großen Meistern, die fünfhundert Jahre vor unserer Geburt gesungen haben.'

'Wie wunderbar sind sie erhalten! Ist dies nicht die wundersame Tinte, mit der sie geschrieben wurden: *Po-nien-jou-chi, i-tien-jou-ki* (auch nach Jahrhunderten bleibe ich fest wie Stein, und die Zeichen, die ich schreibe, sind wie Lack).

Und wie göttlich ist der Zauber dieser Komposition! – das Lied von Kao-pien, Prinz der Poeten und Gouverneur von Sze-tchouen, vor fünfhundert Jahren!'

31

'Kao-pien! Der entzückende Kao-pien!' murmelte Sië, mit einem einzigartigen Leuchten in ihren Augen. 'Kao-pien ist mir der Liebste. Teurer Ming-Y, lassen Sie uns die Verse zusammen singen, zu einer alten Melodie – der Musik dieser großen Jahre, als die Menschen nobler und weiser waren, als heute.

Und ihre Stimmen erhoben sich durch die mit Düften erfüllte Nacht, wie die Stimmen von den Wundervögeln – den *Fung-hoang* – und vereinten sich in dahinfließender Süße.

Nach einer Weile jedoch, konnte Ming-Y nur noch in sprachloser Verzückung zuhören, wegen des Zaubers der Stimme seiner Gesellschaft, während die Lichter im Zimmer vor seinen Augen verschwammen und ihm die Freudentränen an den Wangen herunterliefen.

So verging die neunte Stunde, und sie fuhren fort, sich zu unterhalten, den kühlen, blutroten Wein zu trinken, und die Lieder aus den Jahren des Thang zu singen, bis weit in die Nacht hinein. Mehr als einmal dachte Ming-Y daran, fortzugehen, aber jedes Mal hatte Sië damit begonnen, ihm in ihrer silbersüßen Stimme eine so wundersame Geschichte zu erzählen, von den großen Poeten der Vergangenheit und die Frauen, die sie liebten, dass er völlig ergriffen war.

Sie hatte ihm auch Lieder vorgesungen, so seltsam, dass alle seine Sinne zu sterben schienen, ausgenommen seiner Fähigkeit zu hören. Als sie schließlich eine Pause machte, um mit einem Becher Wein anzustoßen, konnte er sich nicht mehr zurückhalten. Er legte seinen Arm um ihren Hals und zog ihren zierlichen Kopf näher zu ihm hin, um ihre Lippen zu küssen, die noch rötlicher und süßer waren, als der Wein. Dann trennten sich ihre Lippen nicht mehr – die Nacht ging vorüber, aber sie bemerkten es nicht.

Die Vögel erwachten, die Blumen öffneten ihre Augen vor der aufgehenden Sonne, und Ming-Y sah sich schließlich gezwungen, seiner lieblichen Zauberin Lebewohl zu sagen.

Sie begleitete ihn zur Terrasse, küsste ihn ausgiebig und sagte: 'Lieber Junge, komme hierher, so oft du kannst – so oft, wie es dir dein Herz zuflüstert.'

'Ich weiß, dass du keiner von denen bist, ohne Glauben und Wahrheit, der Geheimnisse verrät. Dennoch, weil du so jung bist, könntest du manchmal gedankenlos sein. Ich bete, dass du niemals vergisst, dass nur die Sterne Zeuge unserer Liebe wurden. Sprich zu keiner lebenden Person davon, mein Liebster, und nimmt dieses kleine Souvenir unserer glücklichen Nacht mit dir.'

Sie gab ihm einen erlesenen, sonderbaren kleinen Gegenstand mit – einen Briefbeschwerer, ein ruhender Löwe aus einem Jadestein, so gelb, als wäre es von einem Regenbogen zu Ehren von Kong-fu-tze gemacht worden.

Zärtlich küsste der junge Mann das Geschenk und die wunderschöne Hand, die es ihm überreichte. 'Die Geister sollen mich bestrafen', gelobte er, wenn ich dir wissentlich einen Grund gebe, mir Vorwürfe zu machen, Liebste!'

Und sie trennten sich mit gegenseitigen Gelübden.

An dem Morgen, als er zum Haus von Lord Tchang zurückkam, sagte er die erste Unwahrheit, die je über seine Lippen kam.

Er behauptete, dass seine Mutter ihn aufgefordert hatte, die Nächte von nun an zuhause zu verbringen, da das Wetter so angenehm geworden war, und er, trotz des ziemlich langen Weges, stark und rege genug war, und beides, frische Luft und Bewegung, brauchte.

Tchang glaube alles, was Ming-Y ihm erzählte und hatte keine Einwände. Deshalb fand sich der Bursche von nun an in der Lage, alle seine Abende im Haus der wunderschönen Sië zu verbringen. Jede Nacht widmeten sie den gleichen Freuden, die ihr erstes Zusammentreffen so zauberhaft gemacht hatten. Abwechselnd sangen sie und unterhielten sich, sie spielten Schach – und lernten das Spiel, das Wu-wang erfunden hatte, und das eine Nachahmung des Krieges ist.

Sie verfassten Stücke von achtzig Reimen über die Blumen, die Flüsse, die Vögel, die Bienen.

In allen Fertigkeiten übertraf Sië bei Weitem ihren jungen Geliebten. Wenn immer sie Schach spielten, war es stets der General von Ming-Y – Mings *tsiang* – der umstellt und besiegt wurde. Wenn sie Verse verfassten, waren ihre Gedichte immer den seinen überlegen, in der Harmonie der Wortfärbung, in Eleganz und Form, in klassischer Erhabenheit und Gedanken.

Die Themen, die sie wählten, waren stets die schwersten – die der Poeten aus der Thang Dynastie; die Lieder, die sie sangen, waren auch diese von vor fünfhundert Jahren – die Lieder von Youen-tchin, von Thou-mou, und vor allem von Kao-pien, erster Poet und Herrscher von Sze-tchouen.

Das Sommerwetter schwankte über ihrer Liebe, und der helle August kam, mit seinen trügerischen, goldenen Dunstschwaden, seinen Schatten und dem magischen Violett.

Dann passierte es unerwartet, dass der Vater von Ming-Y den Arbeitgeber seines Sohnes traf, der ihn fragte:

'Warum muss dein Junge immer noch jeden Abend in die Stadt gehen, wo doch der Winter herannaht? Der Weg ist lang, und wenn er dann am Morgen zurückkehrt, sieht er erschöpft vor Müdigkeit aus. Warum gestattet ihr ihm nicht, in meinem Haus zu schlafen, während der Jahreszeit des Schnees?'

Der Vater von Ming-Y antwortete mit großem Erstaunen:

'Mein Herr, mein Sohn hat die Stadt nicht besucht, noch war er in unserem Haus den ganzen Sommer über. Ich befürchte, er muss sich schlechte Eigenschaften angeeignet haben, und dass er die Nacht in übler Gesellschaft verbringt – vielleicht beim Spiel, oder beim Trinken mit den Frauen in den Blumenbooten.'

Daraufhin antwortete ihm der Hohe Kommissar: 'Unmöglich! Daran darf man nicht einmal denken. Ich habe niemals etwas Schlechtes bei dem Jungen gefunden, und es gibt weder Spelunken noch Blumenboote oder irgendwelche anderen Orte zügellosen Lebens, in unserer Nachbarschaft.'

'Kein Zweifel, Ming-Y hat ein liebliches Mädchen in seinem Alter gefunden, mit der er die Abende verbringt. Er hat mir nur deshalb die Unwahrheit gesagt, da er befürchtet, ich würde ihm sonst nicht gestatten, meine Residenz zu verlassen. Ich bitte Sie, nicht mit ihm darüber zu sprechen, bevor ich versucht habe, dieses Geheimnis zu ergründen. Ich werde deshalb meine Diener losschicken, um ihm zu folgen und zu sehen, wohin er geht.'

Pelou stimmte dem Vorschlag bereitwillig zu. Indem er versprach Tchang am folgenden Morgen zu besuchen, ging er zurück nach Hause.

Am Abend, als Ming-Y das Haus von Tchang verließ, folgte ihm ein Diener und beobachtete ihn aus der Ferne. Als er aber die dunkelste Stelle des Weges erreichte, verschwand der Junge aus seinen Augen, so plötzlich, als hätte ihn die Erde verschluckt. Nachdem er lange vergeblich nach ihm gesucht hatte, kam der Diener in großer Verwirrung zurück und erzählte, was sich ereignet hatte. Tchang schickte sofort einen Boten zu Pelou.

In der Zwischenzeit, als er in das Zimmer seiner Geliebten trat, war er überrascht und tief vom Schmerz ergriffen, sie in Tränen aufgelöst vorzufinden.

'Liebster', schluchzte sie und schlang ihre Arme um seinen Hals. 'Es ist die Zeit gekommen, wo wir für immer getrennt werden, aus Gründen, die ich dir nicht nennen kann. Vom ersten Augenblick an, wusste ich, dass das passieren wird, und dennoch erschien es mir jetzt als ein so grausamer, plötzlicher Verlust, dass ich mich nicht zurückhalten konnte, zu weinen!'

'Nach dieser Nacht werden wir uns nie wiedersehen, mein Liebster, und ich weiß, dass es dir nicht gelingen wird, mich zu vergessen, solange du lebst. Ich weiß aber auch, dass du ein großer Lehrer sein wirst, und Ehre und Reichtum wird über dich kommen, und eine schöne und dich liebende Frau wird dich über den Verlust von mir hinwegtrösten.'

'Und nun lass uns nicht weiter über den Kummer sprechen, sondern lass uns diesen letzten Abend freudig verbringen, sodass deine Erinnerungen an mich nicht schmerzvoll sein werden und du mehr an mein Lachen, als an meine Tränen denken wirst.'

Sie wischte sich die dicken Tränentropfen weg und brachte Wein und Musik und die melodische *kin,* mit ihren sieben Saiten aus Seidenfäden. Sie ließ Ming-Y nicht leiden, indem sie keinen Moment über die kommende Trennung sprach.

Und sie sang ihm ein altes Lied über die Ruhe der Seen im Sommer, die nur das Blau des Himmels reflektierten, und auch über die Ruhe des Herzens, bevor die Wolken der Sorgen, des Leids und der Müdigkeit, diese kleine Welt verdunkeln. Bald hatten sie ihre Trübsal vergessen, bei den Freuden der Lieder und des Weins, und diese letzten Stunden erschienen Ming-Y noch himmlischer als die Stunden ihrer ersten Glückseligkeit.

Aber als die gelbe Schönheit des Morgens herannahte, kam ihre Traurigkeit zurück, und sie weinten. Noch einmal begleitete Sie ihren Liebhaber zu den Stufen der Terrasse, und als sie ihn zum Abschied küsste, drückte sie ihm ein Abschiedsgeschenk in die Hand – einen kleinen Schreibpinselbehälter aus Achat, wunderbar geschnitzt, und wert auf dem Tisch eines großen Poeten zu stehen. Dann trennten sie sich für immer und vergossen viele Tränen.

Ming-Y konnte immer noch nicht glauben, dass dies eine Trennung auf ewig war. 'Nein!', dachte er. 'Ich werde sie morgen besuchen, denn ich kann nicht ohne sie leben. Ich habe das sichere Gefühl, dass sie es mir nicht verweigern wird, mich zu empfangen.'

Diese Gedanken gingen ihn im Kopf herum, als er am Morgen zum Haus von Tchang kam, wo er seinen Herrn und seinen Vater sah, die auf der Veranda standen und auf ihn warteten.

Da er kein Wort herausbrachte, verlangte sein Vater zu wissen: 'An welchem Ort hast du deine Nächte verbracht?'

Als er sah, dass seine Unwahrheiten entdeckt worden sind, wagte Ming-Y nicht zu antworten und stand verlegen und schweigend, mit gebeugten Kopf, vor seinem Vater.

Pelou schlug den Jungen heftig mit seinem Stock und befahl ihm, das Geheimnis preiszugeben. Deshalb, teils aus Furcht vor seinem Vater und teils aus Furcht vor dem Gesetz, das bestimmt, *dass der Sohn, der sich weigert, seinem Vater zu gehorchen, mit einhundert Schlägen mit dem Bambusrohr bestraft werden soll,* legte Ming-Y die Geschichte seiner Liebe dar.

Die Gesichtsfarbe von Tchang veränderte sich bei der Erklärung des Jungen. 'Kind', rief er aus, 'ich habe keine Verwandten mit dem Namen Ping. Ich habe niemals von der Frau gehört, die du beschreibst, ich habe auch niemals von dem Haus gehört, von dem du sprichst. Ich weiß aber auch, dass du es nicht wagen würdest, deinen ehrenwerten Vater anzulügen, aber da gibt es ein seltsames Trugbild in dieser Geschichte.'

Daraufhin holte Ming-Y die Geschenke hervor, die Sië ihm gegeben hatte – den kleinen, gelben Jade-Löwen und den Pinselbehälter aus geschnitztem Achat, dazu einige originale Werke, welche die wunderschöne Lady selbst verfasst hatte.

Das Erstaunen von Tchang wurde nun von Pelou geteilt. Beide bemerkten, dass der Schreibpinselbehälter aus Achat und der Jade-Löwe für Jahrhunderte in der Erde gelegen haben mussten und von einer handwerkliche Kunst waren, deren Nachahmung außerhalb der Fähigkeiten eines lebenden Menschen war, während sich die Kompositionen als wahre Meisterstücke erwiesen, geschrieben im Stil der Poeten aus der Thang Dynastie.

'Mein Freund Pelou', rief der Hohe Kommissar, 'lass uns den Jungen sofort zu dem Ort begleiten, wo er diese wunderbaren Dinge bekommen hat und unseren Verstand bei diesem Mysterium anwenden. Der Junge sagt ohne Zweifel die Wahrheit, dennoch übersteigt diese Geschichte meine Vorstellungskraft.'

So machten sich also alle drei auf den Weg zum Haus von Sië.

Aber als sie an dem schattigsten Teil des Weges ankamen, wo die Gerüche am süßesten und die Moose am grünsten waren und die Früchte der wilden Pfirsiche in grellsten Rosa erröteten, schaute Ming-Y durch die Baumgruppen und stieß einen Schrei des Entsetzens aus.

Dort, wo sich zuvor die azurfarbenen Ziegel des Daches gegen den Himmel erhoben hatten, gab es nun nur noch die blaue Leere der Luft. Dort, wo die grüne und goldene Fassade war, konnte man nur noch das Flackern von Blättern im goldenen Herbstlicht sehen. Und dort, wo sich die weite Terrasse ausgebreitet hatte, konnte man nur noch eine Ruine erkennen – eine uralte Grabstätte, so dicht mit Moos überwachsen, dass man den Namen, den man dort eingraviert hatte, nicht mehr entziffern konnte. Das Haus von Sië war verschwunden!

Ganz plötzlich schlug sich der Hohe Kommissar mit seiner Hand an die Stirn, und als er sich zu Pelou hindrehte, trug er die bekannten Verse das alten Poeten Tching-Kou vor: *'Ewig werden die Pfirsichbäume über dem Grab von Sië-Thao blühen.'*

'Mein Freund Pelou', fuhr Tchang fort. 'Die Schönheit, die deinen Sohn verhext hat, war keine andere als die, deren Grab dort zerstört vor uns liegt! Hat sie nicht gesagt, dass sie mit Ping-Khang verheiratet war? Es gibt keine Familie mit diesem Namen, aber Ping-Khang ist in der Tat der Name einer breiten Allee, in der nahe gelegenen Stadt.'

'Es gibt ein dunkles Rätsel, in allem, was sie gesagt hat. Sie nannte sich selbst Sië aus Moun-Hiao. Es gibt keine Person mit diesem Namen, es gibt keine Straße mit diesem Namen, aber die chinesischen Zeichen *Moun* und *hia*, wenn man sie zusammennimmt, werden zum Zeichen 'Kiao'.

'Hört mir zu!' 'Die Ping-Khang Allee, die sich in der 'Kiao' Straße befindet, war der Ort, wo sich die großen Kurtisanen der Thang Dynastie aufgehalten haben.'

'Hat sie nicht die Lieder von Kao-pien gesungen? Und auf dem Schreibpinselbehälter, den sie eurem Sohn gegeben hat, sind da nicht die Zeichen, die bedeuten – *ein echtes Kunstobjekt das Kao gehört, aus der Stadt Pho-hai'?* Die Stadt existiert nicht mehr, aber die Erinnerung an Kao-pien bleibt, denn er war der Gouverneur der Provinz Sze-tchouen und ein großer Poet.'

'Und als er im Land von Chou lebte, war da nicht die wunderschöne Sië seine Lieblingskurtisane – Sië-Thao – von unerreichter Anmut unter den Frauen ihrer Tage? Er war es, der ihr die Lieder-Manuskripte zum Geschenk machte; er war es, der ihr diese Objekte seltener Kunst gab.'

'Sië-Thao ist nicht wie andere Frauen gestorben. Ihre Glieder mögen zu Staub zerfallen sein, aber irgendetwas von ihr lebt immer noch in den tiefen Wäldern – ihr Schatten sucht immer noch diesen geheimnisvollen Platz heim.'

Tchang hörte auf zu sprechen. Eine ungewisse Furcht kam über die drei. Der dünne Nebel des Morgens trübte die Grünflächen und vertiefte die geisterhafte Schönheit der Wälder. Eine leichte Brise wehte vorbei und hinterließ eine Spur von Blütenduft – der letzte Geruch von sterbenden Blumen – dünn wie einer, der sich an den Seidenstoff eines getragenen Gewands hängt, und als er verging, schien die Bäume über die Stille hinweg zu flüstern:

Sië-Thao.

Da er große Angst um seinen Sohn hatte, schickte Pelou den Burschen sofort weg in die Stadt Kwang-tchau-fu [wörtlich: Die breite Stadt, der alte Name von Kanton, auch die Stadt der Genien]. Dort erwarb er über die Zeit hohe Ämter und Ehrungen, wegen seines Talents und seiner Fähigkeiten. Er heiratete eine Tochter aus erhabenem Haus, und wurde Vater von Söhnen und Töchtern, die berühmt wurden, für ihre Tugenden und Errungenschaften.

Er konnte aber Sië-Thao niemals vergessen, und trotzdem sagte man, dass er niemals ein Wort über sie sagte – nicht einmal, als seine Kinder ihn baten, ihnen etwas über die Geschichte der wundervollen Gegenstände zu sagen, die immer auf seinem Schreibtisch lagen: ein Löwe aus gelber Jade und ein Schreibpinselbehälter von geschnitztem Achat.

Kapitel 3

Die Legende von Tchi-Niu

Khiû tchî yîng-yîng. Toû tchî hoûng-hoûng. Tchŏ tchî tông-tông. Siŏ liú pîng-pîng.

Ein Klang von einem Gong. Ein Klang von einem Lied. Das Lied der Baumeister, die die Stätten für die Toten bauen.

In dem malerischen Kommentar, die den Text dieses heiligen Buches von Lao-tseu begleitet, genannt *Kan-ing-p'ien,* kann man eine kleine Geschichte finden, die so alt ist, dass man den Namen dessen, der sie zuerst erzählte, schon seit über tausend Jahren vergessen hat. Dennoch ist sie so schön, dass sie im Gedächtnis von vierhundert Millionen Menschen [damalige Bevölkerungszahl Chinas] weiterlebt, wie ein Gebet, dass man, einmal gelernt, für immer erinnert.

Der chinesische Schreiber nennt weder eine Stadt, noch eine Provinz, obwohl in den meisten alten, traditionellen Schriften, solch eine Weglassung äußerst selten ist; man sagt uns nur, dass der Name des Helden Tong-yong war und er in den Jahren der großen Han Dynastie gelebt hat, etwa zwanzig Jahrhunderte vor unserer Zeit.

Tong-yongs Mutter verstarb, als er noch ein Kleinkind war. Als er neunzehn Jahre alt wurde, starb auch sein Vater und ließ ihn völlig allein in der Welt und ohne irgendwelche Reichtümer.

Tongs Vater war ein sehr armer Mann. Er hatte sich größte Mühen auferlegt, um seinem Sohn eine Bildung zukommen zu lassen, und war nicht in der Lage gewesen, nur eine einzige Kupfermünze seiner Einkünfte zur Seite zu legen.

Tong beklagte sehr, dass er sich in einem so bettelarmen Zustand befand, wo er weder das Andenken seines Vaters ehren konnte, durch ein anständiges, den Bräuchen entsprechendes Begräbnis, noch das Geld hatte, einen behauenen Grabstein an einem günstigen Ort aufstellen zu lassen.

Nur Arme sind Freunde der Armen, und unter all denjenigen, die Tong kannten, war keiner in der Lage, für ihn die Kosten für die Beerdigung zu übernehmen. Es gab nur eine Möglichkeit für den Jungen zu Geld zu kommen – er musste sich als Sklave an einen reichen Bauern verkaufen, und schließlich entschloss er sich, dies zu tun.

Vergeblich versuchten seine Freunde, ihn davon abzubringen. Es hatte auch keinen Zweck, die Durchführung seines Vorhabens zu verzögern, indem sie ihm Hilfe zu einem späteren Zeitpunkt versprachen. Tong antwortete nur, dass er lieber seine Freiheit hundertmal verkaufen würde, wenn das möglich wäre, als die Schmach zu ertragen, dass das Andenken an seinen Vater ohne Ehrung bliebe, selbst nur für eine kurze Zeit.

Im Vertrauen auf seine Jugend und Stärke, beschloss er, einen hohen Preis für seine Dienste zu verlangen – ein Preis, der es ihm ermöglichen würde, ein schönes Grab zu errichten, was es aber auch fast unmöglich machte, das Geld jemals zurückzuzahlen.

Also ging er zu dem großen, öffentlichen Platz, wo Sklaven und Schuldner zum Verkauf ausgestellt wurden, und setzte sich auf eine steinerne Bank. An seinen Schultern hatte er ein Schild befestigt, auf dem er die Bedingungen für seine Dienerschaft geschrieben hatte, sowie eine Auflistung seiner Eignungen als Arbeiter.

Viele, welche die Schriftzeichen auf dem Schild lasen, lächelten verächtlich wegen des gewünschten Preises und gingen ohne ein Wort weiter; andere blieben eine Weile, nur um ihn aus purer Neugier heraus auszufragen.

Einige würdigten ihn mit leeren Worten, andere verhöhnten offen seine Selbstlosigkeit und lachten über seine Frömmigkeit, als Sohn gegenüber seinem Vater.

So vergingen zäh die vielen Stunden, und Tong hatte es fast aufgegeben, einen Herrn zu finden, als ein hoher Beamter der Provinz heran ritt – ein ernster und schöner Mann, Lord über tausend Sklaven und Eigentümer riesiger Liegenschaften.

Er lächelte nicht, er verhandelte nicht, noch stellte er irgendwelche Fragen. Als er den Preis gesehen hatte, der gefordert wurde, rief er nur seinen Bediensteten und trug ihm auf, die Summe zu bezahlen und sich um die notwendigen Papiere zu kümmern.

So war Tong nun in der Lage, sich seinen Herzenswunsch zu erfüllen und ein Monument bauen zu lassen, dass, trotz seiner geringen Größe, eine Freude für die Augen all derjenigen sein sollte, die es erblickten, von schlauen Künstlern entworfen und von geschickten Bildhauern angefertigt.

Und während es noch im Entwurf war, wurden die frommen Riten abgehalten; die silberne Münze wurde dem Toten in den Mund gelegt, die weißen Laternen wurden an die Tür gehängt, die heiligen Gebete wurden gesprochen, und Papierformen von allen Dingen, die der Davongegangene im Land der Geister brauchen könnte, wurden in einem gesegneten Feuer verbrannt.

Und nachdem die Geomanten [eine Form des Hellsehens über Muster in der Erde, Sand, Steinen] und die Nekromanten [Geisterbeschwörer, Totenbeschwörer] eine Stelle für das Grab ausgesucht hatten, auf den kein unglücklicher Stern scheinen konnte, ein Ruheplatz, den kein Dämon oder Drachen jemals stören würden, wurde das *chih* [Haus, Haus der Toten] gebaut.

Das nachgemachte Papiergeld wurde auf dem Weg verstreut, die Begräbnisprozession verließ den Ort der Toten, und mit Gebeten und Klagegeschrei wurden die sterblichen Überreste von Tongs gutem Vater zum Grab getragen. Dann begab sich Tong sogleich als Sklave in die Dienste seines Käufers, der ihm eine kleine Hütte zur Verfügung stellte, wo er wohnen konnte. Dorthin brachte er auch die hölzernen Täfelchen mit den Namen der Ahnen, vor denen täglich der Gebetsweihrauch verbrannt wird, wie es die Frömmigkeit von den Kindern verlangt, und mit denen auch die liebevollen Pflichten der Familienverehrung erfüllt werden.

Bereits drei Mal hatte der Frühling das Land mit seinen Wohlgerüchen besucht, und dreimal wurde das Fest der Toten zelebriert, das *Siu-fan-ti* genannt wird [wörtlich: Das Ausfegen der Gräber – der Tag der allgemeinen Verehrung der Ahnen, im frühen April], und dreimal hatte Tong das Grab des Vaters ausgefegt und verziert und jedes Mal fünffach Früchte und Fleisch angeboten.

Die Periode der Trauer war jetzt vorbei – und dennoch hatte er nicht aufgehört, weiter um seinen Vater zu trauern.

Die Jahre drehten sich mit ihren Monden, und brachten ihm keine einzige Stunde der Freude, keinen Tag, wo er sich glücklich ausruhen konnte; dennoch beschwerte er sich nicht über seine Arbeit, noch versäumte er es, die Riten der Ahnenverehrung durchzuführen – bis er schließlich stark vom Reisfeldfieber [Viruserkrankung] befallen wurde. Er konnte sich nicht mehr von seinem Lager erheben, und die anderen Arbeiter glaubten, dass er sterben müsste. Es gab niemanden, der sich um ihn kümmern konnte, niemand um Besorgungen zu machen, da die Sklaven und Diener voll mit ihren Aufgaben im Haus oder bei der Feldarbeit beschäftigt waren. Alle gingen bei Sonnenaufgang los und kamen erst bei Sonnenuntergang müde zurück.

An einem schwülen Nachmittag, als sich der kranke Junge in einem unruhigen Schlaf der Erschöpfung befand, träumte er, dass eine seltsame und wunderschöne Frau neben ihm stand, sich über ihn beugte und seine Stirn mit den langen, wohlgeformten Fingern ihrer Hand betastete.

Bei ihrer kalten Berührung ging ein seltsamer, süßer Schock durch seinen Körper, und all seine Adern kribbelten, als würden sie mit neuem Leben erfüllt. Er öffnete verwundert seine Augen und sah, wie sich das bezaubernde Wesen, von dem er geträumt hatte, jetzt wahrhaftig über ihn beugte. Er wusste, dass es wirklich ihre geschmeidige Hand gewesen war, die seine pochende Stirn getätschelt hatte.

Das Feuer des Fiebers war weg, eine angenehme Kühle durchdrang nun jede Faser seines Körpers, und die Aufregung über das, was er geträumt hatte, prickelte in seinem Blut, wie bei einer großen Freude.

Im gleichen Augenblick trafen die Augen der freundlichen Besucherin auf die seinen, und er sah, dass sie unvergleichlich schön waren. Sie waren geformt wie die Flügel einer Schwalbe und glitzerten wie prachtvolle, schwarze Juwelen unter den Augenbrauen. Ihr ruhiger Blick durchdrang ihn, wie das Licht, das durch einen Kristall hindurchgeht. Doch es kam eine ungewisse Furcht über ihn, sodass er die Frage, die schon auf seinen Lippen war, nicht aussprechen konnte.

Dann, als sie ihn noch liebkoste, lächelte sie und sagte: 'Ich bin gekommen, um dir deine Stärke wieder zu geben und um deine Frau zu werden. Steh auf und bete mit mir.'

Der Tonfall ihrer Stimme war melodisch wie der Gesang eines Vogels, aber in ihrem Blick war eine gebieterische Kraft, bei der Tong fühlte, dass er es nicht wagen konnte zu widerstehen.

Als er von seinem Lager aufstand, war er erstaunt darüber, dass seine Stärke vollkommen wiederhergestellt war, aber die kühle, grazile Hand, die seine eigene hielt, führte ihn so schnell weg, dass er wenig Zeit hatte, seiner Verwunderung nachzugehen.

Er würde jetzt Jahre seines Lebens dafür geben, den Mut aufzubringen, über seine missliche Lage zu sprechen und um sein Unvermögen darzulegen, eine Frau zu ernähren, aber irgendetwas Unwiderstehliches in den langen, dunklen Augen seiner Begleitung, verbaten es ihm, zu sprechen. Und so, als wären seine geheimsten Gedanken von diesem wundersamen Blick enthüllt worden, sagte sie zu ihm: *'Ich werde für uns sorgen'*.

Die Schamesröte stieg in ihm hoch, beim Gedanken an diese bemitleidenswerte Situation und seine jämmerliche Kleidung, aber er bemerkte, dass auch sie ärmlich angezogen war, wie eine Frau aus dem Volk – sie trug keinerlei Schmuck und keine Schuhe an ihren Füßen. Noch bevor er irgendein Wort zu ihr gesagt hatte, standen sie vor den Ahnentafeln. Dort knieten sie nieder und beteten, und sie gab ihm einen Becher mit Wein – ohne dass er die geringste Ahnung hatte, woher dieser kam – und zusammen huldigten sie dem Himmel und der Erde. Somit wurde sie seine Frau.

Es schien eine geheimnisvolle Vermählung zu sein, denn weder an diesem Tag, noch in der Zeit danach, gelang es Tong seine Frau nach dem Namen ihrer Familie zu fragen, noch den Ort, von dem sie gekommen war. Er konnte auch keine der neugierigen Fragen beantworten, welche die anderen Arbeiter ihretwegen stellten. Darüber hinaus sprach sie nie ein Wort über sich selbst, außer zu sagen, dass ihr Name 'Tchi' war.

Obwohl Tong eine solche Ehrfurcht vor ihr hatte und auch keinen eigenen Willen, solange ihre Augen auf ihn gerichtet waren, liebte er sie über alle Maßen.

Er wusste, dass seine Knechtschaft aufhörte auf ihm zu lasten, seit der Stunde, als sie geheiratet hatten. Wie durch einen Zauber hatte sich die kleine Wohnstätte verwandelt. Ihre Armseligkeit wurde durch liebliche Papiergegenstände verdeckt – und mit anmutigen Dekorationen, die aus dem Nichts entstanden waren, durch verspielte Tricks, deren Geheimnis nur eine Frau kennt.

Jeden Morgen, bei Tagesanbruch, fand der junge Ehemann eine gut zubereitete und reichliche Mahlzeit vor, die auf ihn wartete; so war es auch jeden Abend, als er nach Hause kam.

Seine Frau saß den ganzen Tag über an ihrem Webstuhl und spann Seide, in einer Art, wie man das in dieser Provinz noch nie gesehen hatte, denn als sie mit dieser Seide webte, floss sie vom Webstuhl, wie ein langsamer Strom von glänzendem Gold, der auf seiner welligen Oberfläche seltsame violette, purpurrote und juwelengrüne Gebilde hatte: Gestalten geisterhafter Reiter auf Pferden, Phantomwagen, die von Drachen gezogen wurden und dahinziehende Wolken. In den Bärten jedes Drachens schimmerte die mystische Perle, in den Helmen der Reiter funkelte der Edelstein ihres Rangs, und jeden Tag machte Tchi ein großes Stück dieses gemusterten Seidenstoffs, und der Ruhm ihrer Weberei verbreitete sich.

Die Leute kamen von nah und fern, um die wunderbaren Arbeiten zu sehen. Die Seidenhändler aus den großen Städten hörten davon und schickten ihre Boten zu Tchi, die sie fragen sollten, ob sie für sie weben und ihnen ihr Geheimnis verraten würde.

Sie webte für sie, wie sie es wünschten, als Gegenleistung für die Silberbecher, die sie ihr brachten. Wenn sie aber flehentlich darum baten, sie anzulernen, lachte sie und sagte: 'Ich kann euch das niemals lehren, denn keiner unter euch hat Finger wie ich.'

In der Tat, es konnte keiner ihre Finger erkennen, wenn sie webte, nicht mehr, als man den Flügelschlag einer vibrierenden Biene erkennen könnte, wenn sie schnell vorbeifliegt.

Die Jahreszeiten gingen vorüber, und Tong kannte niemals irgendeinen Mangel, so gut erfüllte seine wunderschöne Frau ihr Versprechen – *'Ich werde für uns sorgen'*.

Und die glänzenden Silberbecher, welche die Seidenhändler brachten, stapelten sich höher und höher in der großen geschnitzten Truhe, die Tchi für die Aufbewahrung der Haushaltsgegenstände gekauft hatte.

Schließlich, eines Morgens, als Tong zu den Feldern aufbrechen wollte, nachdem er seine Mahlzeit zu sich genommen hatte, bat ihn Tchi, überraschenderweise, zu bleiben. Sie öffnete die große Kiste und gab ihm ein Schriftstück, das in den offiziellen Zeichen, genannt *li-shu*, beschrieben war [die zweite der sechs Stilarten der chinesischen Schrift].

Als Tong es ansah, schrie er laut heraus und sprang vor Freude herum, denn es war die Urkunde seiner Freilassung. Tchi hatte heimlich die Freiheit ihres Ehemannes erkauft, mit der Erlös ihrer geheimnisvollen Seide.

'Du sollst nie mehr für einen Herren arbeiten', sagte sie, 'sondern nur für dich allein. Ich habe auch dieses Haus gekauft, mit allem, was sich darin befindet, und die Teefelder im Süden, und die Maulbeerhaine in der Nähe – all das gehört dir.'

Tong, der vor Dankbarkeit völlig außer sich war, hätte sich in Verehrung vor sie niedergeworfen, aber das wollte sie nicht dulden.

鬼

Also wurde er freigelassen, und der Wohlstand kam zu ihm, zusammen mit der Freiheit. Was immer er der heiligen Erde gab, kam hundertfach zu ihm zurück. Seine Diener liebten ihn und priesen die wunderschöne Tchi, so still und doch so gütig zu allen um sie herum. Der Seidenwebstuhl blieb aber unberührt, denn Tchi gebar einen Sohn – ein Junge so wundervoll, dass Tong vor Entzücken weinen musste, wenn er ihn ansah. Danach widmete sich seine Frau nur noch der Betreuung des Kindes.

Nach kurzer Zeit stellte sich heraus, dass der Junge genauso wundervoll war, wie seine Mutter. Bereits im dritten Lebensmonat konnte er sprechen; im siebten konnte er die Verse der Weisen auswendig aufsagen und die heiligen Gebete vortragen; noch bevor er elf Monate alt war, beherrschte er kunstvoll den Schreibpinsel und konnte die Grundsätze von Lao-tseu in wohlgeformten Zeichen niederschreiben.

Auch die Priester aus den Tempeln kamen, um ihn sich anzuschauen, und sich mit ihm zu unterhalten. Sie bestaunten die Ausstrahlung des Kindes und die Weisheiten, die es von sich gab, und sie priesen Tong, indem sie sagten: 'Sicher ist dein Sohn ein Geschenk von den Meistern des Himmels, ein Zeichen, dass die Unsterblichen dich lieben. Mögen deine Augen hundert glückliche Sommer sehen.'

Es war in der Zeit des elften Mondes: Die Blumen waren vergangen, der Duft des Sommers war verflogen, die Winde wurden kühler, und in Tongs Haus wurden die abendlichen Feuer entfacht.

Lange saßen der Mann und die Frau in dem sanften Lichtschein – er sprach viel von seinen Hoffnungen und Freuden und von seinem Sohn, der einmal ein so großer Mann werden würde, und über viele elterliche Vorhaben, während sie wenig sagte, seinen Worten lauschte und ihm öfters ihre wundervollen Augen zudrehte, in einem antworteten Lächeln.

Niemals zuvor war sie so schön erschienen, und Tong, der ihr Gesicht betrachtete, bemerkte nicht, wie die Nacht verging, noch wie das Feuer niederbrannte, noch wie der Wind durch die blattlosen Bäume heulte.

Ganz plötzlich erhob sich Tchi, ohne ein Wort zu sagen, und nahm seine Hand in die ihre, sanft wie an diesem seltsamen Hochzeitsmorgen. In diesem Moment kam die gleiche, seltsame Furcht in Tong hoch, die er hatte, als Tchis Augen zum ersten Mal in seine eigenen blickten – diese unbestimmte Furcht, die Liebe und Vertrauen besänftigt hatten, aber die nie ganz verschwunden war, wie die Furcht vor den Göttern.

Und ganz unbewusst, wie jemand, der dem Druck einer mächtigen, unsichtbaren Hand nachgibt, verbeugte er sich tief und kniete vor ihr, wie vor einer Gottheit.

Und also er seine Augen wieder hoch zu ihrem Gesicht erhob, schloss er sie aus Ehrfurcht sofort wieder, denn sie richtete sich nun vor ihm auf, größer als eine normale Frau, und es war ein Leuchten in ihr, wie von Sonnenstrahlen kommend, und das Licht ihrer Glieder schien durch ihre Kleidung.

Ihre süße Stimme aber, kam zu ihm, mit der ganzen Zartheit wie in anderen Stunden, und sagte:

'So, mein Liebster, der Moment ist gekommen, wo ich dich verlassen muss, denn ich war niemals eine Sterbliche, und die Unsichtbaren können sich nur für eine bestimmte Zeit inkarnieren. Doch ich hinterlasse dir das Versprechen unserer Liebe – diesen heiteren Sohn, der dir immer so treu sein wird, und so stolz, wie du es selbst gewesen bist. Wisse, mein Liebster, dass ich von den Meistern des Himmels zu dir geschickt wurde, als Belohnung für deine Frömmigkeit als Sohn, und dass ich nun in den Glanz SEINES Hauses zurückkehren werde':

'Ich bin die Göttin Tchi-Niu.'

Sobald sie aufhörte zu sprechen, verschwand das große Leuchten, und Tong, der seine Augen wieder öffnete, wusste, dass sie für immer gegangen war – geheimnisvoll wie die Winde des Himmels gehen, unwiderruflich, wie das Licht einer erloschenen Flamme, obwohl alle Türen versperrt und alle Fenster geschlossen waren. Ruhig schlief das Kind und lächelte im Schlaf.

Draußen verschwand die Dunkelheit, der Himmel hellte sich schnell auf, die Nacht war vorüber. Ganz majestätisch öffneten sich im Osten die hohen Tore für die Ankunft der Sonne, beleuchtet durch die Pracht ihres Erscheinens.

Der Dunst des Morgens verdrehte sich in wunderbare Figuren wechselnder Farben – in Formen von eigenartiger Schönheit, wie die seidigen Träume aus dem Webstuhl von Tchi-Niu.

太上感應篇

Kapitel 4

Die Rückkehr von Yen-Tchin-King

Vor mir rannte, wie es ein Bote tut, der Herrscher des Mondes, und der Geist des Windes folgte mir nach und beschleunigte seinen Flug – Li-Sao. [die Vertreibung der Trauer, ungefähr 314 v. Chr von Kiu-ping-youen verfasst].

In den achtunddreißig Kapiteln des heiligen Buchs, *Kan-ing-p'ien*, worin über Belohnung durch Unsterblichkeit geschrieben wird, kann man die Legende von Yen-Tchin-King finden.

Tausend Jahre sind seit dem Ableben des guten Tchin-King vergangen, denn es war in der glorreichen Zeit der Thang [Thang Dynastie 620 – 907 n. Chr.] in der er lebte und gestorben ist.

Nun, in diesen Tagen, als Yen-chin-Kin Oberster Richter von einem der sechs erhabenen Tribunale war, erschien ein gewisser Li-hi-lié, ein Krieger, bekannt für seine Missetaten, und erhob das Banner der Revolte. Er zog, als eine Flut der Zerstörung, Millionen der nördlichen Provinzen hinter sich her.

Als der Sohn des Himmels [Kaiser] davon hörte, und auch wusste, dass dieser Hi-lié der grausamste aller Männer war, der nichts auf dieser Erde respektierte, außer die Furchtlosigkeit, befahl er Tchin-King, diesen Hi-lié zu besuchen und den Rebellen zur Ordnung zu rufen.

Ihm, und den Leuten, die ihm bei dieser Revolte folgten, sollte Tchin-King den Brief des Kaisers verlesen, der Tadel und Verwarnung enthielt.

Tchin-King war in allen Provinzen für seine Weisheit, seine Rechtschaffenheit und Furchtlosigkeit berühmt, und der Sohn des Himmels glaubte, dass Hi-lié sich die Worte jedes Mannes anhören würde, der standhaft in seiner Loyalität und Tugend war, so auch die Worte von Tchin-King.

Also kleidete sich Tchin-King mit der Robe seines Amtes, brachte die Dinge in seinem Haus in Ordnung, und, nachdem er seine Frau und seine Kinder umarmt hatte, bestieg er sein Pferd und ritt alleine weg, zu dem tosenden Lager der Rebellen, mit dem Brief des Kaisers in seiner Brusttasche.

'Ich werde zurückkehren, fürchtet euch nicht!', waren seine letzten Worte an den ergrauten Diener, der ihn von der Terrasse aus beobachtete, als er wegritt.

Tchin-King stieg schließlich von seinem Pferd und ging in das Lager der Rebellen. Er durchschritt die riesige, kriegerische Ansammlung und stand vor dem Antlitz von Hi-lié.

Hoch thronte der Rebell zwischen seinen Anführern, eingerahmt von einer Welle blitzender Schwerter und dem Donner von tausend Gongs.

Über ihm wellten sich die seidenen Banner des schwarzen Drachens, während sich ein riesiges, flackerndes Feuer vor ihm erhob.

Tchin-King sah, dass die Zungen des Feuers an menschlichen Knochen leckten und dass Schädel an Schädel in der Asche lagen. Dennoch hatte er keine Furcht in das Feuer zu sehen, noch in die Augen von Hi-lié, sondern holte die duftende Rolle aus gelber Seide hervor, auf der die Worte des Kaisers geschrieben standen. Er küsste sie und machte sich bereit, sie vorzulesen, während die Menge still wurde.

Dann, mit kräftiger und klarer Stimme begann er:

Die Worte des Himmlischen und Erhabenen, der Sohn des Himmels, der göttliche Ko-Tsu-Yao-ti, an den Rebellen Li-Hi-lié und die, die ihm folgen:

Und ein Brüllen erhob sich, wie das Tosen der See – ein Gebrüll von Wut, und dem scheußlichen Kriegsgeheul, wie das Geheul eines Waldes im Sturm – *'Hoo! Hoo-oo-oo-oo!* – und das Blitzen der Schwerter kam und der Donner der Gongs drang in die Erde unter den Füßen des Boten.

Aber Hi-lié schwang seinen goldenen Stab, und es wurde wieder still. 'Nein!', sprach der Anführer der Rebellen, 'lasst den Hund bellen!'

Also sprach Tchin-King weiter:

Weißt du denn nicht, du unbesonnenster und törichtster aller Männer, dass du die Leute nur in das Maul des Drachens der Zerstörung führst? Weißt du denn nicht, dass die Menschen in meinem Reich die Erstgeborenen des Meisters des Himmels sind? So ist es also geschrieben, dass es der Himmel denjenigen nicht erlaubt weiterzuleben, die diesen Menschen grundlos Wunden oder den Tod bringen? Du, der diese Gesetze verletzt, die von den Weisen begründet wurden – diese Gesetze, die alleine, wenn man ihnen folgt, Glück und Wohlstand bringen, du begehst das größte aller Verbrechen – das Verbrechen, das niemals Vergebung findet!'

'Oh mein Volk, denkt nicht, dass ich, euer Kaiser, euer Vater, eure Zerstörung will. Ich wünsche mir nur euer Glück, euren Wohlstand, eure Größe; lasst eure Torheit nicht die Härte eures himmlischen Vaters herausfordern. Folgt nicht dem Wahnsinn nach und blinder Wut, horcht lieber auf die Worte meines Boten.'

'Hoo! Hoo-oo-oo-oo!, brüllte die Meute, die noch mehr in Rage geriet, *'Hoo! Hoo-oo-oo-oo!* – bis die Berge die Schreie zurückwarfen, wie der Donner eines Taifuns, und noch einmal legte der Schall der Gongs Stimme und Gehör lahm.

Dann sah Tchin-King, als er Hi-lié betrachtete, dass dieser lachte, und dass man den Worten des Briefes nicht weiter zuhören würde.

Deshalb las er weiter bis zum Ende, ohne sich dabei umzusehen und erledigte seine Arbeit, soweit es in seiner Macht stand.

Nachdem er alles vorgelesen hatte, wollte er den Brief an Hi-lié übergeben, aber dieser streckte seine Hand nicht aus, um ihn zu nehmen. Deshalb steckte ihn Tchin-King wieder in seine Brusttasche, verschränkte seine Arme, schaute Hi-lié ruhig ins Gesicht, und wartete.

Wieder schwenkte Hi-lié seinen goldenen Stab, und das Gebrüll hörte auf, und auch der Donner der Gongs, bis man nichts mehr hören konnte, außer dem Flattern der Drachenbanner. Dann sprach Hi-lié mit einem teuflischen Lächeln – 'Tchin-King, Sohn eines Hundes, wenn du mir nicht den Eid der Treue schwörst und dich nicht vor mir verbeugst und mich nicht mit der Ehrenbezeugung für die Kaiser grüßt – auch mit der *luh-ka*, der dreifachen Niederwerfung – sollst du in das Feuer geworfen werden.

Aber Tchin-King, der dem Thronräuber seinen Rücken zuwandte, verbeugte sich kurz in Verehrung von Himmel und Erde.

Dann erhob er sich plötzlich, und noch bevor ein Mann ihn fassen konnte, rannte in die emporragenden Flammen und stand da, mit verschränkten Armen, wie ein Gott.

Hi-Lié sprang sofort verwundert auf seine Füße und rief seinen Männern zu. Sie holten Tchin-King aus dem Feuer, löschten die Flammen an seiner Kleidung mit ihren nackten Händen, und priesen und lobten ihn von Angesicht zu Angesicht. Und selbst Hi-lié erhob sich von seinem Stuhl und richtete versöhnliche Worte an ihn, indem er sagte:

'Oh, Tchin-King, ich sehe, dass du wahrlich ein mutiger und aufrechter Mann bist und aller Ehren wert; ich bitte dich, setze dich zu uns, und teile mit uns, was immer in unserer Macht steht, dir zuteilwerden zu lassen.'

Aber Tchin-King, der unerschütterlich auf ihn blickte, antwortete mit einer Stimme, so klar wie die einer großen Glocke: 'Niemals, oh Hi-lié, werde ich etwas von deiner Hand akzeptieren, ausgenommen den Tod, solange du weiter auf dem Weg von Wut und Torheit wandelst. Und niemals wird man sagen können, dass Tchin-King sich zwischen Rebellen und Verräter gesetzt hat, zwischen Mörder und Räuber.'

Daraufhin schlug ihn Hi-lié, in einem plötzlichen Wutanfall, mit seinem Schwert, und Tchin-King fiel zu Boden und starb, aber es gelang ihm, noch im Sterben seinen Kopf nach Süden zu verneigen – in Richtung des Platzes, wo der Palast des Kaisers stand – in Richtung des Ortes, wo sein geliebter Meisters wohnt.

In der gleichen Stunde war der Sohn des Himmels alleine im inneren Zimmer seines Palastes, als er eine Gestalt wahrnahm, die sich vor seinen Füßen niederwarf, und als er sprach, erhob sich die Gestalt und stand vor ihm, und er sah, dass es Tchin-King war. Der Kaiser stellte ihm alle Fragen, die er hatte, und eine vertraute Stimme antwortete:

'Sohn des Himmels, ich habe die mir aufgetragene Aufgabe erledigt, und ihr Befehl wurde ausgeführt, soweit es in der Macht ihres demütigen Dieners stand. Ich muss aber jetzt von Ihnen gehen, und mich in die Dienste eines anderen Meisters begeben.'

Als er hinsah, bemerkte der Kaiser, dass man die goldenen Tiger an der Wand durch die Gestalt von Tchin-King hindurch sehen konnte. Eine seltsame Kühle, wie die von einem Wind im Winter, ging durch das Zimmer, und die Erscheinung verschwand.

Da wusste der Kaiser, dass der Meister, von dem sein treuer Diener sprach, kein anderer war, als der Meister des Himmels.

Und auch zur gleichen Stunde bemerkte ihn der ergraute Diener in seinem Haus, wie er durch die Zimmer ging, lächelnd, wie er immer lächelte, wenn er sah, dass alles so war, wie er es wünschte.

'Ist alles gut mit ihnen, mein Lord?', fragte der alte Mann. Und eine Stimme antwortete ihm: 'Es ist alles gut', aber die Erscheinung von Tchin-King war schon verschwunden, bevor die Antwort kam.

So kämpften die Armeen des Sohnes des Himmels mit den Rebellen. Das Land wurde mit Blut getränkt und von Feuer geschwärzt. Die Körper von ganzen Bevölkerungen wurden durch die Flüsse getragen, um die Fische der See zu füttern. Dennoch ging der Krieg weiter, durch ein langes, rot getränktes Jahr.

Dann kamen dem Sohn des Himmels die Horden zu Hilfe, die im verwüsteten Westen und Norden zuhause waren – geborene Reiter, eine Nation von wilden Bogenschützen, jeder so mächtig, dass er einen Zweihundert-Pfund-Bogen so weit ausziehen konnte, bis die Sehne zu den Ohren kam.

Und wie ein Wirbelwind rannten sie der Rebellion entgegen, mit einem Regen von Pfeilen mit Rabenfedern in einem Sturm des Todes, und sie besiegten Hi-lié und seine Leute. Dann ergaben sich diejenigen, die Zerstörung und Niederlage überlebt hatten und versprachen ihre Loyalität und die Gesetze der Gerechtigkeit wurden wiederhergestellt. Tchin-King war aber schon seit vielen Sommer tot.

Der Sohn des Himmels befahl seinen siegreichen Generälen, dass sie die Gebeine seines treuen Dieners zurückbringen sollten, um ehrenvoll in einem prächtigen Grabmal zu ruhen, das auf kaiserliche Anordnung errichtet werden sollte.

Also suchten die Generäle des Himmlischen und Erhabenen nach dem namenlosen Grab, und fanden es. Sie hoben die Erde ab und machten sich bereit, den Sarg zu entfernen.

Der Sarg zerfiel aber vor ihren Augen zu Staub, da die Würmer ihn angefressen und die hungrige Erde seine Substanz verschlungen hatten, und nur noch eine geisterhafte Hülle hinterließen, die bei der Berührung durch das Licht verschwand.

Aber dann! Als sie verschwand, lag dort die makellose Gestalt des guten Tchin-King. Kein Verfall hatte ihn berührt, noch hatten die Würmer den Rest besorgt, noch war die Blüte des Lebens aus seinem Gesicht erloschen. Er schien nur zu träumen – wohlgestaltet anzusehen, wie am Morgen seiner Hochzeit. Er lächelte, wie die Heiligen auf den Bildern lächeln, mit geschlossenen Augenlidern, in Zwielicht der großen Pagoden.

Dann sprach ein Priester, der am Grab stand: 'Oh, meine Kinder, das ist wirklich ein Zeichen vom Meister des Himmels. In dieser Weise erhalten die Himmlischen Mächte diejenigen, die sie auserwählt haben, unter die Unsterblichen zu gehen. Der Tod hat keine Macht über sie, noch kann der Verfall ihnen etwas anhaben. Wahrlich, der gesegnete Tchin-King hat seinen Platz unter den Gottheiten des Himmels eingenommen.

Dann brachten sie Tchin-King zurück in seine Heimat, und legten ihn mit den höchsten Ehren in die Grabstätte, die auf Anweisung des Kaisers errichtet wurde. Hier schläft er nun, für ewig unzerstörbar, bekleidet mit dem Gewand seines Standes.

Auf seinem Grabstein hat man die Zeichen seiner Größe und seiner Weisheit und seiner Tugenden eingraviert, wie auch die Insignien seines Amts und die Vier Kostbaren Dinge [die vier kostbaren Dinge des Arbeitszimmers: Pinsel, Tinte oder Tusche, Papier und der Stein zum Verreiben der Tusche].

Die aus Stein gehauenen Monster, als heilige Symbole, halten Wache über allem, und die unheimlichen Hunde von Fo stehen als Wächter davor, wie vor den Tempeln der Götter [die Herkunft des Namens Fo ist unklar. Es gibt mehrere Bezeichnungen für diese Figuren – Löwen, Löwenhunde – die vor Tempeln, Regierungsgebäuden oder den Häusern reicher Leute standen. Fo bedeutet eigentlich Buddha oder Wohlstand].

冀 可 僊 示 神

Kapitel 5

Die Tradition der Tee-Plantage

Es sang ein chinesisches Herz vor vierhundert Jahren:

Es gibt jemanden, an den ich denke. Weit, weit weg ist jemand, an den ich denke. Hundert Meilen von Bergen liegen zwischen uns – aber dennoch scheinen auf uns die gleichen Monde und die vorbeiziehenden Winde atmen über beiden von uns.

'Gott ist die Enthaltsamkeit des Auges; Gott ist die Enthaltsamkeit des Ohres; Gott ist die Enthaltsamkeit der Nase: Gott ist die Enthaltsamkeit des Körpers; Gott ist die Enthaltsamkeit der Sprache; Gott ist alles...'

Wieder erhob sich sein gieriges Verlangen in den höchsten Himmel seiner Sinne und brachte seine Seele hernieder – taumelnd und flatternd hernieder – zurück in die Welt der Illusion. Wieder hatte die Erinnerung seinen Geist vernebelt, wie der Duft einer giftigen Pflanze.

Er hatte diese Tempeltänzerin nur für einen kurzen Augenblick gesehen, als er [Bodhidharma] durch Kasí kam [auch Varansi, alter Name für die indische Stadt Benares, die Heilige Stadt] – auf seinem Weg nach China, dem riesigen Reich, wo die Seelen nach der Erfrischung durch Buddhas Gesetze dürsteten, wie ein von der Sonne ausgetrocknetes Feld, das sich nach dem Leben spendenden Regen sehnt.

Als sie zu ihm kam und ein ihr kleines Geschenk in seine Bettelschale legte, hatte er versucht, den Fächer vor sein Gesicht zu erheben, aber nicht schnell genug, und die Strafe für diesen Fehler war ihm tausend Meilen gefolgt – sie jagte ihm hinterher, selbst in dieses seltsame Land, in das er gekommen war, um die Worte des 'Universellen Lehrers' zu verbreiten* [*im Originalbuch fälschlicherweise das Wort 'hören' verwendet].

Verfluchte Schönheit! Sie wurde sicherlich durch den Verführer der Verführer geschickt, für die Verdammnis der Gerechten. Mit weisen Worten hatte Bhagavat [Göttlicher, hier Buddha gemeint] seine Schüler gewarnt: 'Oh, ihr Çramanas [strenge Asketen, die ihre begierigen Gefühle unterdrückt haben], Frauen soll man nicht anschauen! Und wenn du zufällig auf eine triffst, sollst du es deinen Augen nicht gestatten, sich auf sie zu richten. So sollst du auch deine heilige Zurückhaltung üben und nicht zu ihnen sprechen. Dann scheitere auch nicht, indem du zu deinem eigenen Herzen sprichst, denn wir sind Asketen, deren Pflicht es ist, unverschmutzt von dem Verderb dieser Welt zu bleiben. Sogar eine Lotusblume erleidet keine Schändlichkeit, wenn sie sich an ihre Blätter klammert, obwohl sie im Müll des Straßengrabens am Rande des Wegs blüht.

Dann kamen ihm auch die Worte des dreiundzwanzigsten Verses der Ermahnungen ins Gedächtnis, aber mit einer neuen und schrecklichen Bedeutung: 'Von allen Anziehungen eines Objekts der Begierde, ist, in der Tat, die Anziehung durch das Äußere die größte. Glücklicherweise ist diese Leidenschaft einzig , denn wenn es andere dieser Art gäbe, könnte man den rechten Weg nie finden.'

Wie würde er, gejagt durch die Vorstellung dieses Äußeren, sein Gelübde erfüllen und eine Nacht und einen Tag in einer vollkommenen und ununterbrochenen Meditation verbringen?

Die Nacht war bereits gekommen! Mit Sicherheit gab es kein Mittel gegen die Krankheit der Seele, gegen das Fieber des Geistes, außer dem Gebet. Der Sonne ging schnell unter und er versuchte zu beten:

'Oh, du Juwel in der Lotusblume.'*

'Wie die Schildkröte, die ihre Gliedmaßen in ihren Panzer zurückzieht, lass mich, oh Du Gesegneter, meine Sinne ganz in die Meditation zurückziehen.'

[* *'Om Mani Peme Hung'*. Diese Worte stehen für die Zusammenfassung der 84.000 Lehrreden von Buddha. Es ist die Essenz aller Tathagata (die Qualitäten der 'Erleuchteten Wesen'), aller Mantras (Gebete oder Hymnen) und aller Tantras (Buddhistische Mystik und Rituale). Es ist die Quelle allen Wissens und aller Errungenschaften].

'Oh, du Juwel in der Lotusblume.'

'Denn wie der Regen in das kaputte Dach eines lange unbewohnten Hauses dringt, so dringt die Leidenschaft in meine Seele, die lange nicht von Meditation bewohnt war.'

'Oh, du Juwel in der Lotusblume.'

'Wie ruhiges Wasser, in dem sich all sein Schlamm abgesetzt hat, lass auch meine Seele rein werden, oh Tathâgata [ein auf dem Weg der Wahrheit zur Erleuchtung Gelangter, hier Buddha gemeint]. Gib mir die große Stärke, mich über die Welt zu erheben, oh Meister, wie sogar der wilde Vogel aus seinem Sumpf emporsteigt, um dem Pfad der Sonne zu folgen.'

'Oh, du Juwel in der Lotusblume.'

'Am Tag scheint die Sonne, bei Nacht scheint der Mond, so scheint auch der Krieger in seiner Rüstung, wie auch der Çramana in der Mediation scheint. Aber Buddha, zu allen Zeiten, bei Nacht und bei Tag, scheint immer gleich und erleuchtet die Welt.'

'Oh, du Juwel in der Lotusblume.'

'Lass mich nicht enden, oh du Vollendet Erweckter, wie ein Affe im Wald der Welt, der für immer steigt und herunterklettert, auf der Suche nach den Früchten der Torheit. Flink wie das Winden der Schlange, weit wie der Wuchs der Lianen in einem Forst, ist der alles umschließende Wuchs der Pflanze des Verlangens.'

'Oh, du Juwel in der Lotusblume.'

Vergeblich war sein Gebet, leider! Vergeblich waren auch seine Beschwörungen. Die mystische Bedeutung der heiligen Worte – der Sinn der Lotusblume, der Sinn des Juwels – war verflogen von den Worten, und ihr monotones Aussprechen dienten nun nur noch dazu, seiner Erinnerung, die ihn verführte und quälte, noch gefährlichere Deutungen zu geben.

'Oh, du Juwel in ihren Ohren.'

'Welche Lotus-Knospe könnte anmutiger sein, als die ausgebreitete Blüte des Fleisches, mit ihrem Tröpfeln von diamantenem Feuer! Wieder sah er es und die Kurven ihrer Wangen, köstlich anzuschauen, wie wunderbare, braune Früchte. Wie wahr ist der zweihundertachtundvierzigste Vers der Ermahnungen! 'Solange ein Mann nicht auch das kleinste Würzelchen des Verlangens aus seinem Herzen gerissen hat, das ihn zu den Frauen zieht, so lange bleibt seine Seele gefesselt.'

So kam ihn der dreihundertfünfundvierzigste Vers mit den Fesselungen in den Sinn, aus dem gleichen, gesegneten Buch.

'In den Fesseln der Seile, haben weise Lehrer gesagt, gibt es keine Stärke, auch nicht in den Fesseln aus Holz oder den Fesseln aus Eisen. Noch stärker als diese, ist die Fessel des *Interesses an dem juwelenbesetzten Ohrgehänge der Frauen.'*

'Allwissender Gotama!' [Buddha], rief er, 'alles sehender Tathâgata [Buddha]. Wie vielfältig ist der Trost deiner Worte. Wie wundervoll dein Verständnis für das menschliche Herz! War das auch eine deiner Versuchungen? – eine aus der Unzahl, zu denen Mara [Prinzip des Todes und des Unheils, ein Versucher, oft mit dem christlichen Teufel verglichen] dich geleitet hat, als die Erde wackelte, wie ein Wagen, und das heilige Zittern von Sonne zu Sonne ging, von Sonnensystem zu Sonnensystem, von Universum zu Universum, von Ewigkeit zu Ewigkeit?'

'Oh, du Juwel in ihren Ohren.'

Die Vision wollte nicht verschwinden! Nein, jedes Mal, wenn sie vor seinen Gedanken schwebte, schien sie warmherziger zu werden, liebevoller, in einer freundlicheren Form, und sie entwickelte sich mit seiner Schwäche, und verstärkte sich, mit seiner Entkräftung.

Er sah die Augen, groß, klar, weich und schwarz, wie die von einem Reh, die Perlen im dunklen Haar und die perlweißen Zähne im rosafarbenen Mund. Die Lippen kräuselten sich zu einem Kuss, dem Kuss einer Blume, und ein Duft schien in seine Sinne zu schweben, süß, eigenartig, einschläfernd – ein Geruch von Jugend, ein Geruch von einer Frau. Er erhob sich, und fest entschlossen sprach er wieder das heilige Bittgebet, und er sagte die heiligen Worte aus dem *Kapitel der Vergänglichkeit* auf:

'Wenn ihr den Himmel und die Erde bestaunt, müsst ihr sagen: *Diese sind nicht von Dauer.* Wenn ihr die Berge und die Flüsse bestaunt, müsst ihr sagen: *Diese sind nicht von Dauer.* Wenn ihr die Gestalt und die Gesichter von äußeren Wesenheiten bestaunt, und ihr Wachstums und ihre Entwicklung betrachtet, müsst ihr sagen: *Diese sind nicht von Dauer.'*

Und trotzdem! Was für eine süße Illusion! Die Illusion von der großen Sonne; die Illusion der Hügel, die ihre Schatten werfen; die Illusion von Gewässern, formlos und vielfältig; die Illusion von – nein, nein, was für eine gottlose Fantasie!

Verfluchtes Mädchen! Aber doch, aber doch, warum sollte er sie verfluchen? Hatte sie jemals irgendetwas getan, um der Verwünschung durch einen Asketen würdig zu sein? Niemals, niemals! Es ist nur ihre Gestalt, der Gedanke an sie, die wunderbare Erscheinung von ihr, die verfluchte Erscheinung von ihr!

Was war sie? Eine Illusion, die Illusionen hervorbringt, eine Verhöhnung, ein Traum, ein Schatten, eine Einbildung, eine Plage für den Geist! Aber der Fehler, die Sünde, war in ihm selbst, in seinen rebellischen Gedanken, in seiner ungezähmten Erinnerung. Obwohl sie wie fließendes Wasser sind, nicht greifbar, wie Dunst, können die Gedanken doch durch den Willen gezähmt werden, eingespannt vor dem Wagen der Weisheit, um Glückseligkeit zu erlangen – so muss es sein!

Und er trug die gesegneten Verse aus dem 'Buch des Weges der Gesetze' vor:

'Alle Gestalt ist vergänglich.' Wenn man diese große Wahrheit gänzlich verstanden hat, wird man von allem Schmerz befreit. Das ist der Weg der Reinigung.

67

'Alle Gestalt unterliegt dem Schmerz.' Wenn man diese große Wahrheit gänzlich verstanden hat, wird man von allem Schmerz befreit. Das ist der Weg der Reinigung.

'Alle Gestalt ist ohne wirkliche Realität.' Wenn man diese große Wahrheit gänzlich verstanden hat, wird man von allem Schmerz befreit. Das ist der Weg der...

Ist auch *ihre* Gestalt, wesenlos, unwirklich, nur eine Illusion, obwohl sie die wohlgestalteste von allen ist? Sie hatte ihm Almosen gegeben! War der Verdienst dieser Spendenden auch nur eine Illusion – einschließlich der Grazie der geschmeidigen Finger, die gegeben haben? Mit Sicherheit gibt es Mysterien in der Abhidharma [die Metaphysik des Buddhismus], undurchschaubar, unverständlich! Es war eine goldene Münze, mit der Prägung eines Elefanten – in der Tat, nicht mehr eine Illusion, als die Geschenke der Könige an Buddha!

Gold war auch auf ihrer Brust, aber nicht so fein, wie ihre goldene Haut. Nackt, zwischen der seidigen Schärpe und dem engen Brustkorsett, wölbte sich ihre junge Taille, glänzend und geschmeidig, wie ein Bogen. Ihre Stimme war reicher an Silber als in den Fußringen, die wie ein Mondschein um ihre Fußgelenke hingen. [Pagal, auch Nupur, hohle Ringe, gefüllt mit losen Metallstücken, die klimpern, wenn der Fuß sich bewegt].

Und dann erst ihr Lächeln! – die kleinen Zähne waren wie die Staubgefäße von Blumen in der duftenden Blüte ihres Mundes!

Oh Schwachheit! Oh Schande! Wie hatte der starke Wagenlenker der Entschlossenheit die Kontrolle über seine wilden Fantasien verloren! War diese Schwäche des Willens ein Anzeichen einer herannahenden Gefahr, die Gefahr des Einschlafens?

So seltsam lebensnah waren diese Fantasien, so klar umrissen, als würden sie sogleich in Wirklichkeit erscheinen und sich mit dem vorgetäuschten Leben fortbewegen, so, als würden sie ein sündhaftes Schauspiel auf der Bühne der Träume aufführen!

'Oh, du gänzlich Erwachter!', rief er laut aus. 'Hilf nun dem demütigen Schüler, die gesegnete Wachsamkeit bei der vollkommenen inneren Einkehr zu erlangen! Lass ihn die Kraft finden, sein Gelübde zu erfüllen. Lass nicht zu, dass Mara [der Teufel] ihn besiegt.

Und er trug die ewigen Verse aus dem Kapitel der Wachsamkeit vor:

'Vollkommen und auf ewig wachsam sind die Schüler von Gotama! [Buddha]. Unaufhörlich, bei Tag und bei Nacht, sind ihre Gedanken auf das Gesetz gerichtet.

'Vollkommen und auf ewig wachsam sind die Schüler von Gotama! Unaufhörlich, bei Tag und bei Nacht, sind ihre Gedanken auf die Gemeinschaft gerichtet.

'Vollkommen und auf ewig wachsam sind die Schüler von Gotama! Unaufhörlich, bei Tag und bei Nacht, sind ihre Gedanken auf den Körper gerichtet.

'Vollkommen und auf ewig wachsam sind die Schüler von Gotama! Unaufhörlich, bei Tag und bei Nacht, kennen ihre Gedanken die Süße des vollkommenen Friedens.

'Vollkommen und auf ewig wachsam sind die Schüler von Gotama! Unaufhörlich, bei Tag und bei Nacht, erfreuen sich ihre Gedanken des tiefen Friedens der Meditation.

Dann kam ein Gemurmel an seine Ohren, ein Gemurmel von vielen Stimmen, die sein eigenes Sprechen erstickten, wie ein tosendes Wasser. Die Sterne verschwanden aus seinem Blick, die Himmel verdunkelten ihre Unendlichkeit, alle Dinge wurden unsichtbar und verschwanden in der Finsternis. Und das große Gemurmel verstärkte sich, wie das Gemurmel einer steigenden Flut, und die Erde schien unter ihm zu versinken.

Seine Füße berührten nicht länger den Boden, das Gefühl einer übersinnlichen Auftriebskraft durchdrang jede Faser seines Körpers. Er fühlte, wie er in die Dunkelheit schwebte, um dann sanft zu sinken, langsam, wie eine Feder, die man von der Zinne eines Tempels herabfallen lässt.

War dies der Tod? Nein, denn ganz plötzlich, wie durch die 'Sechste Übernatürliche Kraft' befördert, stand er wieder im Licht – ein duftendes, schläfriges Licht, dunstig, wundervoll – wie es die prachtvollen Straßen einiger indischer Städte erfüllt.

Nun erkannte er auch den Grund für das Gemurmel, denn er bewegte sich inmitten einer mächtigen Schaar, einem Volk von Pilgern, einer Nation von Gottesverehrern. Aber diese waren nicht seines Glaubens, denn sie trugen auf ihrer Stirn die verschmierten Symbole von obszönen Göttern! Dennoch konnte er sich nicht aus ihrer Mitte lösen, der breite Strom trug ihn unwiderstehlich mit sich, wie ein Blatt, das durch das Gewässer des Flusses Ganges mitgerissen wird.

Es gab Rajahs [Herrscher] mit ihrem Gefolge und Prinzen, die auf Elefanten ritten, und Brahmanen [Angehörige der höchsten Kaste] in ihren Gewändern, und Schwärme von verlockenden Tanzmädchen, die sich nach dem Gesang von *kabit* und *damâri* [poetische Versform in vier Zeilen, besonders zügelloser Gesang] bewegten.

Aber wohin, wohin? Sie gingen aus der Stadt und in die Sonne, zwischen Alleen von Banyans [Feigenbäume] und Kolonnaden von Palmen. Aber wohin, wohin?

Bläulich und in der Ferne, erschien vor ihnen ein Berg von behauenem Stein – der Tempel, der die Wildheit seiner gemeißelten Spitzen zum Himmel hob, und die goldenen Strahlen seiner Verzierungen nach oben schickte. Immer höher richtete er sich auf, als sie herannahten; die blauen Töne wurden grau und die Umrisse schärfer im Licht.

Dann konnte man jedes Detail sehen: Die Elefanten auf den Sockeln, die auf steinernen Schildkröten standen; die großen, grimmigen Gesichter auf den Säulenkapitellen, die Schlangen und Monster, die sich zwischen den Friesen wanden; die vielköpfigen Gottheiten aus Basalt in ihren Galerien von verzierten Nischen und Reihe über Reihe, die abgebildete Schlechtigkeit, die gemalte Lust, die Göttinnen der Abscheulichkeit.

Und, gähnend in dem schrägen Abgrund der Skulptur, unterhalb eines ungestümen Schwarms von Göttern und Gopia*– gab es eine hervorstehende Pyramide von untereinander verschlungenen Gliedern und Körpern – und der Eingang, höhlenartig und schattig wie der Mund von Shiva, verschlang die lebende Vielfalt. [* Schäferinnen bei den Kuhherden von Vrindavana (eine heilige Stadt) bei denen Krishna nach einer seiner Inkarnationen aufwuchs und amouröse Abenteuer hatte].

Der Wirbel der Menschenmenge nahm ihn mit in die Weiträumigkeit seines Inneren. Keiner schien von seinem gelben Gewand Notiz zu nehmen, nicht einmal von seiner Anwesenheit.

Gigantische Seitenschiffe kreuzten sich in der Höhe über ihm; unzählige mächtige, fantastisch geschnitzte Säulen, reihten sich bis in die Unsichtbarkeit hinter die gelbe Beleuchtung von Fackelfeuern. Seltsame, eigenartig sinnliche Abbildungen, erhoben sich durch den Nebel des Weihrauchs.

Gewaltige Figuren, die aus der Entfernung die Gestalt von Elefanten oder Garudavögeln annahmen [Sonnenvögel, Reittier der Gottheit Vishnu, Todfeinde der Schlangen, halb menschlich, halb Vogel], veränderten ihre Erscheinung und enthüllten das Geheimnis ihrer Gestaltung, eine Verflechtung von weiblichen Körpern, während eine Gottheit auf allen monströsen Sinnbildern ritt – eine Gottheit, oder ein Dämon – unaufhörlich durch den Bildhauer wiederholt, überall sichtbar, als würde sie sich selbst vervielfältigen.

Die großen Säulen selbst, waren Symbole, Figuren, sinnliche Fleischwerdung; der hemmungslose Geist dieser Verehrung lebte und krümmte sich in den gedrehten Bronzelampen, dem gewundenen Gold der Becher, dem gemeißelten Marmor der Becken…

Wie weit war er gekommen? Er wusste es nicht. Die Reise inmitten dieser zahllosen Reihen, die an den Armeen der versteinerten Götter vorbeizogen, entlang von Gängen mit flackernden Lichtern, erschien länger als die Reise einer Karawane, länger als seine Pilgerreise nach China! Aber plötzlich und unerklärlich, kam eine Ruhe, wie auf den Friedhöfen.

Der lebende Ozean, um ihn herum, schien zurückzuweichen, verschlungen in einem Abgrund unterirdischer Bauten. Er fand sich vor einem Becken in einer seltsamen Gruft wieder, geformt wie eine Muschel und flach, in deren Mitte eine runde Säule stand, kleiner als ein Mensch, deren glatte und kugelförmige

Spitze mit Blumen umrankt war. Darüber hingen gleichartig geformte Lampen, die mit dem Öl der Palmen gefüllt waren.

Es gab keine anderen Abbilder, keine sichtbare Gottheit. Blumen aller Art lagen angehäuft auf dem Weg und bedeckten seine Oberfläche, wie ein Teppich, dick, weich und saugten die Geister unter seinen Füßen ein. Der Duft schien sein Gehirn zu durchdringen – ein sinnlicher, berauschender, unheiliger Duft. Eine unbesiegbare Schwäche übernahm seinen Willen, und er sank nieder, um sich auf den floralen Opfergaben auszuruhen.

Der Klang von Schritten, leicht wie ein Flüstern, kam ihm durch die schwere Stille entgegen, mit dem einschläfernden Geklimper von Fußkettchen, einem Geklingel an den Knöcheln, und ganz plötzlich fühlte er, um seinen Hals herum, die lauwarme Sanftheit einer Frauenhand.

Sie ist es! Sie ist es! Seine Illusion, seine Versuchung, aber nun war sie verwandelt, verklärt! – übernatürlich in ihrer Lieblichkeit, unbegreiflich in ihrer Anmut! Zart wie das Blütenblatt einer Jasminblume war die Wange, die seine eigene berührte. Tief wie die Nacht und süß wie der Sommer waren die Augen, die ihn ansahen.

'*Du Herzensdieb*', flüsterten ihre blumigen Lippen – *Herzensdieb, wie habe ich nach dir gesucht! Wie habe ich dich gefunden! Süßigkeiten habe ich dir gebracht, mein Geliebter, Lippen und Busen, Früchte und Blüten. Bist du durstig? Trinke von dem Brunnen meiner Augen. Willst du opfern? Ich bin dein Altar! Willst du beten? Ich bin dein Gott!*

Ihre Lippen berührten sich, ihr Kuss schien die Zellen seines Blutes in Flammen zu verwandeln. Für einen Moment triumphierte die Illusion. Mara hatte die Oberhand gewonnen.

Mit einem Schock der Entschlossenheit wachte der Träumer in der Nacht auf – unter den Sternen eines chinesischen Himmels. Es war nur eine Verhöhnung im Schlaf, aber das Gelübde war gebrochen worden, die heilige Absicht nicht erfüllt!

Erniedrigt, reuig, aber entschlossen, zog der Asket ein grünes Messer aus seinem Gürtel, und mit fester Hand schnitt er die Augenlider von seinen Augen und warf sie von sich weg.

'Oh du vollkommen Erleuchteter!', betete er, dein Schüler wurde nicht besiegt, außer der Schwäche seines Körpers, und sein Gelübde wurde jetzt erneuert. Hier soll er verweilen, ohne Essen und Trinken, bis zu dem Augenblick der Erfüllung.

Und als er die strenge Sitzhaltung eingenommen hatte – mit seinen unteren Gliedmaßen unter ihm gefaltet, und die Flächen seiner Hand nach oben gerichtet, die rechte auf der linken, mit der linken auf seinem nach oben gebogenen Fuß ruhend – setzte er seine Meditation fort.

Die Morgendämmerung errötete, der Tag wurde heller. Die Sonne verkürzte alle Schatten im Land und verlängerte und verkürzte sie immer wieder, bis sie schließlich auf seinem Begräbnis-Scheiterhaufen versank, aus dem purpurroter Rauch aufstieg. Die Nacht kam und funkelte und verging, aber Mara war mit seinen Verlockungen gescheitert.

Dieses Mal wurde das Gelübde erfüllt, der heilige Zweck erreicht.

Und wieder ging die Sonne auf, um die Welt mit dem Lächeln des Lichts zu erfüllen.

Blumen öffneten ihre Herzen, Vögel sangen ihre morgendliche Hymne der Verehrung für das Feuer, die tiefen Wälder zitterten vor Freude. Und weit über den Ebenen bekamen die Dächer von mehrstöckigen Tempeln und die spitzen Hauben der Türme in der Stadt einen goldenen Glanz.

Stark in der Heiligkeit seines erfüllten Gelübdes erhob sich der Pilger aus Indien mit der Morgenröte. Er erschrak vor Entzückung, als er seine Hände zu den Augen hob. Was denn? War das alles nur ein Traum gewesen? Unmöglich!

Doch er fühlte keinen Schmerz, noch waren seine Augen ohne Lider, noch waren irgendwelche deren Wimpern beschädigt. Welches Wunder war hier geschehen?

Vergeblich suchte er nach den abgeschnittenen Lidern, die er auf den Boden geworfen hatte; sie waren auf geheimnisvolle Weise verschwunden. Aber seht doch! Dort, wo er sie hingeschleudert hatte, wuchsen zwei wundersame Büsche, mit zierlichen Blättern, die wie Augenlider geformt waren, und schneeweise Knospen, die sich nur nach Osten hin öffnen.

Dann, durch die Wirkung der übernatürlichen Kraft, die durch diese mächtige Meditation erworben wurde, erlangte der heilige Missionar das Wissen über das Geheimnis dieser neu entstandenen Pflanze – und über die feine Wirkung ihrer Blätter.

Er benannte sie 'TE', in der Sprache des Landes, in das er die 'Lotusblume von Gottes Gesetz' gebracht hatte, und er sprach zu ihr:

'Gesegnet seist du, süße Pflanze, wohltuend, lebensspendend, geformt von dem Geist tugendhafter Entschlossenheit! Höret! Dein Ruhm soll sich bis zu den Enden der Erde verbreiten, und der Duft deines Lebens soll durch die Winde des Himmels in die äußersten Winkel getragen werden!'

'Wahrhaftig, für alle kommenden Zeiten, sollen die Menschen, die von deinem Saft trinken, eine solche Stärkung finden, dass sie keine Müdigkeit überkommt, noch eine Schwäche sie erfasst. Sie sollen weder durch Schläfrigkeit verwirrt werden, noch den Wunsch nach Schlaf haben, in der Stunde der Arbeit oder des Gebets. Oh Pflanze, du seist gesegnet!'

Und immer noch, wie ein Nebel des Weihrauchs, wie ein Rauch allgemeiner Opfergaben, steigt immerwährend, und aus allen Ländern der Erde, der angenehme Duft des *TE* zum Himmel, geschaffen für die Stärkung der Menschheit, durch die Kraft des heiligen Gelübdes und durch die Wirkung einer frommen Sühne.

76

Kapitel 6

Die Geschichte vom Porzellangold

Im 'Fong-ho-chin-tch'ouen' *steht geschrieben, dass der Künstler Thsang-Kong, immer dann, wenn er im Zweifel war, in das Feuer des großen Ofens geschaut hatte, in dem die Vasen gebrannt wurden, um den Beschützergeist zu befragen, der in den Flammen lebte. Und der Geist in dem Ofenfeuer leitete ihn mit seinen Ratschlägen, sodass die Keramiken, die von Thsang-Kong gemacht wurden, in der Tat edler und lieblicher anzuschauen waren, als alle anderen. Und sie wurden in den Jahren von Kangh-hí gebrannt, mit heiligem Namen Jin Houang-tí.*

Wer hat als erster das Geheimnis von *Kao-ling* und *Pe-tun-tse* entdeckt – die Knochen und das Fleisch, das Skelett und die Haut, der schönen Vasen?

[Kao-ling und Pe-tun-se sind Haupt-Inhaltsstoffe, bestimmte Erden in der Mixtur, aus der Porzellan gemacht wurde. Kao-ling enthält, kleine glänzende Partikel, Pe-tun-tse bleibt rein weiß und bekommt eine sehr feine Oberfläche. Kao-Ling ist der ursprüngliche Name einer Hügelkette, aus der die beste Qualität von Ton kam, später wurde dies die Bezeichnung für das Material selbst und verwandelte sich in 'kaolin'].

Wer hatte zuerst den Wert des milchweißen Tons erkannt?

Wer hatte zuerst die reinen Ziegel* aus *tun* hergestellt, dort, wo die zusammenhängenden, weißen Berge vor langer Zeit verschwunden sind – verblichener Staub der felsigen Knochen und steinernes Fleisch der sonnenliebenden Giganten, die es nicht mehr gibt? Und wem war es vergönnt, als erster die göttliche Kunst des Porzellans zu entdecken?

[* die Masse wurde in Ziegelform zu den Werkstätten transportiert].

Vor den schneeweißen Statuen von Unto Pu, einst ein Mann, nun ein Gott, verbeugen sich die unzähligen Menschen, die sich mit der Herstellung von Keramik befassen.

Wir kennen nicht den Ort seiner Geburt. Vielleicht wurde die Erinnerung daran durch den schrecklichen Krieg beeinflusst, der in unser Zeit das Leben von zwanzig Millionen der dunkelhaarigen Rasse kostete und gleichzeitig auch die wunderbare Stadt des Porzellans selbst, vom Antlitz dieser Erde ausgelöscht hat – die Stadt von King-te-chin, die vor langer Zeit wie ein feuriger Juwel in dem blauen Berggürtel von Feou-liang geschienen hat.

Schon davor gab es den Geist der Öfen, hatte sich die unendliche Kraft daraus entfaltet und wurde ein Beweis für die Sichtbarwerdung des 'Höchsten Tao' [das unendliche Sein, das universelle Leben], denn vor fast fünftausend Jahren lehrte Hoang-ti die Menschen gute Behältnisse aus gebranntem Ton zu machen, und in seiner Zeit lernten die Keramikmacher den Gott der Ofenfeuer kennen und drehten dessen Räder zum Gemurmel der Gebete.

Hoang-ti wurde zu seinem Vater gerufen, 'dreimal zehn-hundert-Jahre' vor der Entstehung der Menschheit, und vom Meister des Himmels dazu bestimmt, der Gott des Porzellans zu werden.

Sein göttlicher Geist, der immer über dem Rauch und der harten Arbeit der Keramikmacher schwebt, gibt immer noch den Töpfern die Kraft der Gedanken, bringt die Anmut in die Genialität der Entwerfer und die Leuchtkraft in die Ausführungen der Emaillierer.

Durch diese, vom Himmel gelehrte Weisheit, wurde die Kunst des Porzellanmachens geschaffen. Durch diese Eingebung wurden alle Mirakel von Thao-yu, Hersteller des *Kia-yu-ki,* und alle anderen Wunderdinge erreicht, die danach kamen.

All die blauen Porzellane, die *You-kouo-thien-tsing* genannt werden, glänzend wie ein Spiegel, dünn wie ein Reispapier, melodisch wie der Klangstein *Khing,* und bemalt im gehorsamen Befolgen des Auftrags von Kaiser Chi-tsong – 'blau wie der Himmel nach einem Regen, wenn man ihn durch die Risse in den Wolken betrachtet'.

Diese waren, in der Tat, die ersten aller Porzellane, auch *Tchai-yao* genannt, bei denen kein Mann den Mut fand, sie zu zerbrechen, wie bösartig er auch war, denn sie schmeichelten dem Auge wie ein wertvolles Juwel.

Und dann das *Jou-yao,* an zweiter Stelle unter allen Porzellanen, das manchmal den Anblick und die Klangfülle von Bronze nachmacht, und manchmal blau ist, wie ein sommerliches Gewässer, das den Blick mit der schleimigen Erscheinung von dick herumschwimmenden Fischlaich trübt.

Und auch das *Kouan-yao*, welches das Porzellan der Richter ist und an dritter Stelle in der Reihenfolge aller wundervollen Porzellane steht, gefärbt mit den Farben des Morgens – himmelblau, mit dem Aufgehen einer großartigen Morgendämmerung, die errötend in sie hineinplatzt, und langbeinige Sumpfvögel fliegen gegen den erleuchteten Hintergrund.

Oder das *Ko-yao* – an vierter Stelle unter den perfekten Porzellanen – mit heiteren, blassen, wechselnden Farben, wie der Körper eines lebendes Fisches, oder aus einem opalähnlichen Material gemacht, Milch vermischt mit Feuer, die Arbeit von Sing-I, dem älteren der unsterblichen Brüder Tchang.

Dann das *Ting-yao* – an fünfter Stelle unter allen, perfekten Porzellanen – weiß wie die Trauerkleider einer hinterbliebenen Ehefrau und wunderbar verrinnend, als wären es Tränen – das Porzellan, das von dem Poeten Son-tong-po besungen wurde.

Auch die Porzellane die *Pi-se-yao* genannt werden, deren Farben als 'versteckt' bezeichnet werden, abwechselnd unsichtbar und sichtbar, wie die Tönungen des Eises unter der Sonne – die Porzellane, die von dem weithin berühmten Sänger Sin-in besungen wurden.

Auch das wundersame *Chu-yao* – die bleichen Porzellane, die einen äußerst schwermütigen Schrei von sich geben, wenn sie zerschmettern – die Porzellane, besungen von dem mächtigen Sänger Thou-chao-ling.

Auch die Porzellane genannt *Thsin-yao*, weiß oder blau, mit runzeliger Oberfläche, wie das Wasser, in dem viele Flossen flattern – und man kann die Fische sehen!

Auch die Vasen, genannt *Tsi-hong-khi*, rot wie der Sonnenuntergang nach dem Regen, und das *T'o-t'ai-khi*, zerbrechlich wie die Flügel eines Seidenraupen-Falters und leichter als eine Eierschale.

Auch das *Kia-tsing* – bleiche Becher, perlweiß wenn sie leer sind, aber durch einen undurchschaubaren Zauber in der Herstellung, scheinen violette Fische darin zu schwimmen, in dem Moment, wenn man sie mit Wasser füllt.

Auch die Porzellane genannt *Yao-pien*, deren Tönung durch die Alchemie des Feuers verwandelt wird, denn sie gehen mit einem blutroten Purpur in die Hitze und verändern sich in Eidechsengrün, bis sie sie sich schließlich blau herauskommen, wie die Wange des Himmels.

Auch das *Ki-tcheou-yao*, das violett ist, wie eine Sommernacht, oder das *Hing-yao*, das glitzert, wie Silber vermischt mit Schnee.

Auch das *Sieouen-yao*, einige von ihnen rötlich, wie das Eisen im Feuer, einige durchscheinend und rubinrot, einige gekörnt und gelb wie die Schale einer Orange, einige sanft errötet wie die Haut eines Pfirsichs.

Auch das *Tsoui-khi-yao*, krakeliert und grün, wie altes Eis, und das *Tchou-fou-yao*, das Porzellan der Kaiser, mit goldenen Drachen, die sich winden und fauchen, und das *yao*, das rosa gerippt ist und die Ecken gezackt hat, wie die Klauen von Krabben.

Auch das *Ou-ni-yao*, schwarz wie die Pupille eines Auges, und auch so glänzend, und das *Hou-tien-yao*, dunkelgelb wie die Gesichter der Inder, und das *Ou-kong-yao*, dessen Farbe wie das tote Gold der Herbstblätter ist.

Und das *Long-kang-yao,* grün wie der Sämling einer Erbse, mit Bemalungen von Wolken, die durch die Sonne versilbert wurden, den Drachen des Himmels.

Auch das *Tching-hoa-yao* – bemalt mit dem bernsteinfarbenen Schein der Trauben und dem Grün der Weinblätter und der Blüte von Mohnblumen, oder dekoriert mit hervorstehenden Figuren von kämpfenden Grillen.

Auch das *Khang-hi-nien-ts'ang-yao,* himmlisch blau und übersät mit goldenem Sternenstaub, und das *Khien-long-nien-thang-yao,* herrlich in Schwarz und Silber, wie eine feurige Nacht, die von Blitzen erleuchtet wird.

Aber – keinesfalls – das *Long-Ouang-yao,* das bemalt ist mit dem wollüstigen *Pi-hi,* mit dem obszönen *Nan-niu-ssé-sie,* oder dem schändlichen *Tchun-hoa,* auch 'Bilder des Frühlings' genannt; dies sind Abscheulichkeiten, die auf Geheiß des lasterhaften Kaisers Moutsong angefertigt wurden, obwohl der Geist des Ofens sein Gesicht verdeckte und wegrannte.

Und alle anderen Vasen von verblüffender Form und Material, wie von Zauberhand gemacht und verziert mit Relieffiguren, in Kamee oder durchscheinend. Oder die Vasen mit Öffnungen wie die Kelche der Blumen, oder gespalten wie der Schnabel eines Vogels, oder mit Zähnen versehen, wie die Kiefer einer Schlange, oder mit rosaroten Lippen, wie der Mund eines Mädchens.

Die fleischfarbenen Vasen mit purpurner Maserung und Vertiefungen mit Ohren und mit Ohrringen; die Vasen, die wie Pilze aussehen, wie Lotusblumen, wie pferdefüßige Drachen mit Frauengesichtern.

Die lichtdurchlässigen Vasen, die das weiße Flackern von fertig gekochten Reiskörnern imitieren oder das Ebenbild der fantastischen Arbeit des Frostes wiedergeben, wenn sich die Kristalle wie die Arbeiten beim Spitzenklöppeln ausbilden, die wie eine Ausblühung der Koralle erscheinen.

Und auch die Porzellanstatuen der Götter: Das Genie des Herdes, die Long-pinn – die zwölf Gottheiten der Tinte, der gesegnete Lao-tseu, der mit silbernem Haar geboren wurde, Kong-fu-tse, der die Schriftrolle der niedergeschriebenen Weisheiten ergreift; Kouan-in, süßeste Götting der Gnade, die mit weißen Füßen auf dem Herzen ihrer goldenen Lilie steht; Chi-nong, der Gott, der den Menschen das Kochen beibrachte, Fo, mit langen, in der Meditation verschlossen Augen und Lippen, mit dem geheimnisvollen Lächeln von Höchster Glückseligkeit; Cheou-lao, Gott der Beständigkeit, der sein luftiges Ross besteigt, den weißflügeligen Storch; Pou-t'ai, der Lord der Zufriedenheit und des Wohlstands, fettleibig und verträumt, und die schönste Göttin des Talents, aus deren wohltätigen Händen auf ewig ein schillernder Perlenregen strömt.

Und obwohl viele Geheimnisse dieser einzigartigen Kunst, die Unto Pu der Menschheit vermacht hat, in der Tat in Vergessenheit geraten sein könnten und für immer verloren sind, erinnert man sich doch an die Geschichte vom Porzellan-Gott.

Ich zweifele nicht daran, dass irgendeiner von den älteren *Jeou-yen-liao-kong*, irgendeiner von den blinden Männern der großen Töpferwerkstätten, die den ganzen Tag in der Sonne sitzen und Farben zermahlen, ihnen erzählen werden, das Pu einst ein bescheidener chinesischer Arbeiter war, der zu einem großen Künstler wurde, aufgrund von nimmermüden Studien und Geduld und durch die Eingebung des Himmels.

Er wurde so berühmt, dass manche von ihm glaubten, er wäre ein Alchemist, der das Geheimnis kannte, das man 'Weiß-und-Gelb' nennt, durch das man Steine in Gold verwandeln kann. Andere dachten, er sei ein Zauberer, der die geisterhafte Kraft besaß, Menschen durch den Horror eines Alptraums zu töten, indem er verhexte Bildnisse von ihnen unter den Ziegeln ihres eigenen Daches versteckte, und andere wiederum behaupteten, dass er ein Astrologe war, der das Mysterium der 'Fünf Hing' entdeckt hatte, die alle Dinge beeinflussen – diese Kräfte, die sich selbst in den Sternenwanderungen bewegen, in der milchigen *Tien-ho* oder Fluss am Himmel.

So sprachen wenigstens die Unwissenden über ihn, aber selbst diejenigen, die um den Sohn des Himmels herum waren, diejenigen, deren Herzen durch die Aneignung von Weisheit gestärkt wurden, priesen ausschweifend die Wunder seines Handwerks, und sie fragten sich, ob es da irgendeine vorstellbare Form von Schönheit geben könnte, die Pu nicht aus diesem schönen Material, durch die Berührung seiner listigen Hand, herausholen könnte.

Und eines Tages passierte es, dass Pu ein unschätzbares Geschenk an den Himmlischen und Erhabenen geschickt hatte, eine Vase, welche die Erscheinung von Goldgestein nachmachte, feurig schimmernd mit pyritartiger Szintillation [das Entstehen von Lichtblitzen bei fluoreszierenden Stoffen, in der Astronomie das Glitzern der Sterne] – eine Art glitzernder Pracht, mit Chamäleons, die sich darüber ausbreiteten, Chamäleons aus Porzellan, die ihre Farben änderten, jedes Mal, wenn der Betrachter seine Position wechselt.

Und der Kaiser, der sich sehr über die Herrlichkeit der Arbeit wunderte, befragte die Prinzen und die Mandarine, wer sie ausgeführt hatte. Und die Prinzen und die Mandarine antworteten, dass es ein Arbeiter namens Pu war, und dass er ohne seinesgleichen unter den Töpfern war und Geheimnisse kannte, die von den Göttern oder den Dämonen zu kommen schienen.

Daraufhin sandte der Sohn des Himmels Beamte zu Pu mit einem noblen Geschenk, und rief ihn zu sich. Und bald trat der bescheidene Künstler vor den Kaiser; und als er die höchsten Niederwerfungen durchgeführt hatte – dreimal kniete und dabei dreifach neunmal den Boden mit seiner Stirn berührte – wartete er auf die Befehle des Erhabenen.

Und der Kaiser sprach zu ihm, und sagte: 'Sohn, dein huldreiches Geschenk hat großen Gefallen in unseren Augen gefunden, und für die Anmut dieser Gabe werden wir dir eine Belohnung von fünftausend silbernen *liang* zukommen lassen. Aber die dreifache Menge soll dir als Belohnung zukommen, sobald du unser Geheiß erfüllt hast. 'Daher lausche, du einzigartiger Feuerwerker. Es ist nun unser Wille, dass du uns eine Vase machst, mit dem Farbton und Aussehen lebenden Fleisches, aber – merke dir gut unseren Wunsch! – ein Fleisch, das kribbelt, bei solchen Worten, wie sie die Poeten sprechen – Fleisch, das sich erregt bei einer Idee, Fleisch, das eine Gänsehaut bekommt, bei einem Gedanken!'

Gehorche, und antworte nicht! Wir haben gesprochen.'

Nun, Pu war der gerissenste von all diesen *P'ei-se-kong*, den Männern, die Farben zusammenmischen, von allen *Hoa-yang-kong*, welche die Muster für die Vasen-Dekoration zeichnen, von allen *Hoei-sse-kong*, welche die Emaillemalerei ausführen, von allen *T'ien-thsai-kong*, welche die Farben leuchten lassen, und von allen *Chao-lou-kong*, welche die Brennflammen in den Porzellan-Öfen überwachen. Dennoch ging er voller Sorge aus dem Palast des Sohns des Himmels, trotz des Geschenks von fünftausend silbernen *liang*, die man ihm gegeben hatte, denn er dachte für sich:

'Sicherlich ist das Mysterium der Anmut des Fleisches, und das Mysterium, durch das es bewegt wird, ein Geheimnis des Höchsten Tao. Wie kann ein Mensch das Aussehen empfindenden Lebens in tote Tonerde bringen? Wer, außer dem Unendlichen, kann eine Seele geben?

Pu hatte bereits diese Zauberkraft der Farben entdeckt, diese Überraschungen von Anmut, welche die Kunst des Keramikherstellers ausmachen. Er hatte das Geheimnis des *feng-hong* gefunden, das magische Erröten der Rose, des *hoa-hong*, das herrliche Blutrot, des Berggrüns, genannt *chan-lou*, von dem bleichen, weichen Gelb, genannt *hiao-hoang-yeou*, und von dem *hoang-kin*, der glühenden Schönheit von Gold.

Er hatte die Tönungen des Aals gefunden, die grünen Farben der Schlangen, die violetten Schattierungen der Gänseblümchen, das Karminrot der Feueröfen, die Carmine [Pigmente hellroter Farbe] und die Farben des Flieders, zart wie eine geisterhafte Flamme, die unsere Emaillierer im Westen lange und ohne Erfolg versucht hatten, zu reproduzieren.

Doch er schauderte vor der Arbeit, die man ihm aufgetragen hatte, und als er in die Werkstatt zurückkehrte, sagte er: 'Wie soll ein erbärmlicher Mann es schaffen, das wegen einer Idee zitternde Fleisch in den Ton einarbeiten – das unerklärliche Entsetzen durch einen Gedanken? Soll ein Mann versuchen die Magie dieses Ewigen Schöpfers zu imitieren, durch dessen unendliche Kraft eine Million Sonnen schneller geschaffen werden, als eine kleine Schale auf meiner Töpferscheibe geglättet wird?'

鬼

Dennoch durfte der Befehl des Himmlischen und Erhabenen niemals missachtet werden, und der geduldige Arbeiter versuchte, mit all seiner Macht, den Wunsch des Sohns des Himmels zu erfüllen; doch er versuchte es vergeblich, für Tage, für Wochen, für Monate, für Jahreszeit nach Jahreszeit.

Er betete auch vergeblich zu den Göttern, ihm zu helfen; vergeblich flehte er den Geist des Ofens an, und weinte: 'Oh, du Geist des Feuers, erhöre mich, sehe auf mich, hilf mir! Wie soll ich, ein erbärmlicher Mann, der nicht in der Lage ist, eine lebende Seele in den Ton zu bringen – wie soll ich diesem leblosen Material den Anblick von Fleisch geben, dass sich beim Sprechen eines Wortes gruselt und empfindsam ist, für das Entsetzen bei einem Gedanken?'

Doch der Geist des Ofens antwortete ihm in seltsamer Weise mit dem Flüstern des Feuers: *'Groß ist dein Glaube, aber seltsam dein Gebet. Haben Gedanken Füße, dass der Mensch die Spuren ihres Weges erkennen kann? Kannst du die Bewegung des Windes messen?'*

Trotzdem, mit unverändertem Willen, suchte Pu neunundvierzig Mal einen Weg, um den Befehl des Kaisers zu erfüllen, neunundvierzig Mal versuchte er dem Geheiß des Sohns des Himmels zu gehorchen.

Leider vergeblich! Vergeblich verbrauchte er sein Material; vergeblich verbrauchte er seine Kraft; vergeblich zehrte er sein Wissen auf, aber der Erfolg lächelte nicht über ihm. Das Übel kam in sein Haus, und die Armut saß in seiner Wohnstätte, und das Elend ließ sein Herz erzittern.

Manchmal, wenn die Stunde des Versuchs gekommen war, fand man, dass die Farben im Feuer seltsam verwandelt wurden, oder aschfarben verblassten, oder sich verdunkelten, in den düsteren Farbton der Walderde.

Und Pu, der diese Missgeschicke sah, beklagte sich bei dem Geist des Feuers, und betete: 'Oh, du Geist des Feuers, wie soll ich den Anblick von lebendem Fleisch hineinbringen, das warme Leuchten lebender Farben, wenn du mir nicht hilfst?'

Doch der Geist des Ofens antwortete ihm in seltsamer Weise mit dem Flüstern des Feuers: *'Kannst du die Kunst des Ewigen Emaillierers erlernen, der diesen wundervollen Himmelsbogen gemacht hat – dessen Pinsel leicht ist und dessen Farben die des Abends sind?'*

Manchmal, wenn sich sogar die Färbungen nicht verändert hatten, nachdem die durchstochene und bearbeitete Oberfläche sich in der Hitze bewegte und die Schwingungsfähigkeit lebender Haut annahm – selbst am Ende der letzten Stunde –

waren all die Mühen der Arbeiter vergeudet, denn das launische Material rebellierte gegen ihre Anstrengungen, und brachte nur Falten hervor, so grotesk, wie auf der Schale einer vertrockneten Frucht, oder Granulierungen, wie die auf dem Körper eines toten Vogels, bei dem man die Federn unsanft gerupft hat.

Und Pu weinte und schrie zum Geist des Feuers: 'Oh, du Geist der Flamme, wieso sollte ich in der Lage sein, die Aufregung des Fleisches nachzumachen, das von einem Gedanken berührt wird, es sei denn, du gewährst mir deine Hilfe?' Und der Geist des Ofens antwortete ihm in seltsamer Weise mit dem Flüstern des Feuers: *'Kannst du einen Geist in einen Stein geben? Kannst du das Innere der Granitberge mit einem Gedanken erregen?*

Manchmal war es sogar so, dass die ganze Arbeit nicht schlecht war; denn die Farben schienen gut zu sein, das Material der Vase sah fehlerfrei aus, ohne Risse oder Falten, aber die geschmeidige Weichheit einer Haut war nicht zu sehen; der fleischfarbene Ton der Oberfläche zeigte nur den herben Anblick und das harte Schimmern von Metall. All die vortrefflichen Mühen, die Weichheit einer empfindungsfähigen Substanz nachzumachen, hinterließen keine Spuren, wurden durch den Atem des Feuers zunichtegemacht.

Und Pu, in seiner Verzweiflung, schrie zum Geist des Feuers: 'Oh, du ungnädigste Gottheit! Oh, du erbarmungslosester Gott!, den ich mit zehntausend Opfern verehrt habe! Wegen welches Fehlers hast du mich aufgegeben? Wegen welches Irrtums hast du mich verlassen? Wie soll ich, der erbärmlichste aller Männer, wie soll ich jemals den Anblick von Fleisch hineinbringen, das sich mit dem Sprechen eines Wortes kräuselt, empfindsam für den Reiz eines Gedankens, wenn du mir nicht hilfst?

Und der Geist antwortete ihm mit dem Dröhnen des Feuers: *'Kannst du eine Seele trennen? Nein! – Dein Leben für das Leben deiner Arbeit – deine Seele für die Seele deiner Vase!'*

Als er diese Worte hörte, erhob sich Pu mit einem schrecklichen Entschluss, der in seinem Herzen anschwoll, und machte sich bereit für das letzte und fünfzigste Mal, seine Arbeit für den Ofen anzufertigen.

Einhundert Mal sichtete er den Ton und den Quarz, den *kao-ling* und den *tun*; einhundert Mal reinigte er sie mit dem klarsten Wasser, einhundert Mal, mit nicht ermüdenden Händen, knetete er die cremige Paste und vermischte sie am Schluss mit Farben, die nur er kannte.

Dann wurde die Vase geformt und wieder geformt, und berührt und wieder berührt, durch die Hände von Pu, bis ihre Ausdruckslosigkeit zu leben begann, bis sie so aussah, als wurde sie zittern und pochen, wie von einem Leben in ihr selbst, wie das Zittern eines angespannten Muskels, der sich unter der Haut wellt.

Die Töne der Haut waren auf ihr und drangen in ihre innerste Substanz ein und imitierten die Fleischfarbe bluthellen Gewebes und das netzartige Violett der Venen, und über allem lag die Hülle des sonnengefärbten *Pe-kia*-ho, das klare und glänzende Emaille, halb durchscheinend, glatt wie die Materie, die es nachahmte – die glänzende Haut einer Frau. Niemals, seit dem Entstehen der Erde, gab es eine vergleichbare Arbeit, die durch die Fähigkeit eines Menschen entstanden ist.

Dann bat Pu diejenigen, die ihm halfen, den Ofen gut zu füttern, mit dem Holz des tcha, aber über den Entschluss, den er gefasst hatte, sprach er zu niemandem.

90

Nachdem der Ofen brannte, und er die Arbeit seiner Hände sah, wie sie in der Hitze blühte und errötete, verbeugte er sich vor dem Geist der Flamme und murmelte: 'Oh, du Geist und Meister des Feuers. Ich kenne die Wahrheit deiner Worte. Ich weiß, dass man eine Seele nie teilen kann. Hier ist also mein Leben, für das Leben meiner Arbeit – meine Seele, für die Seele meiner Vase!'

Und für neun Tage und acht Nächte wurde die Feuerstelle immer mehr mit dem Holz des *tcha* gefüttert, für neun Tage und acht Nächte beobachteten die Männer, wie die wundersame Vase sich zu einem Wesen herausbildete, rosa beleuchtet durch den Atem der Flammen.

Dann, als die neunte Nacht heranzog, bat Pu all seine müden Kameraden, sich zur Ruhe zurückzuziehen, denn die Arbeit war fast erledigt und der Erfolg sicher. 'Bei Sonnenaufgang werdet ihr mich hier nicht finden', sagte er. 'Fürchtet euch nicht, die Vase fortzutragen, denn ich weiß, dass die Aufgabe erledigt sein wird, wie es dem Befehl des Erhabenen entspricht.

So gingen sie also weg, aber in dieser Nacht, ging Pu selbst in die Flammen und in die Umarmung durch den Geist des Feuers, indem er sein Leben für das Leben seiner Arbeit – und seine Seele für die Seele der Vase gab.

Und als die Arbeiter am zehnten Morgen kamen, um das Wunderwerk aus Porzellan mitzunehmen, waren selbst die Knochen von Pu verschwunden. Aber seht! Die Vase lebte, als sie diese anschauten, als wäre sie Fleisch, das sich durch das Sprechen eines Wortes bewegt und sich durch den Reiz eines Gedankens kräuselt. Und immer, wenn man auf sie mit dem Finger klopft, spricht eine Stimme einen Namen – den Namen ihres Herstellers, den Namen ihres Schöpfers: Pu.

Und der Sohn des Himmels, als er von diesen Dingen hörte, und das Wunder der Vase betrachtete, sagte zu denen um ihn herum: 'Wahrlich, das Unmögliche wurde durch die Stärke des Glaubens geschaffen, durch der Kraft der Gehorsamkeit!

Dennoch war es nie unser Wunsch, dass es ein solch grausames Opfer geben sollte. Wir wollten nur wissen, ob die Fähigkeiten des unvergleichlichen Künstlers von den Gottheiten oder den Dämonen kam – vom Himmel oder aus der Hölle. Nun erkennen wir, in der Tat, dass Pu seinen Platz unter den Göttern eingenommen hat.

Und der Kaiser trauerte sehr um seinen treuen Diener und ordnete an, dass dem Geist des wundervollen Künstlers Anerkennungen zuteilwerden sollten, wie für eine Gottheit, und dass man die Erinnerung an ihn für immer ehrt.

Hübsche Statuen sollten von ihm sollten in allen Städten des Himmlischen Reichs aufgestellt werden und über allen mühevollen Arbeiten der Töpfereien, sodass die Schar der Arbeiter unaufhörlich seinen Namen rufen und seinen Segen für ihre Arbeiten erbitten würden.

China, buddhistischer Tempel

94